# मृष्ट

वादियों से गुज़रती एक चमत्कारी कथा

उपन्यास

## कृष्णा

अंजुमन प्रकाशन

**अंजुमन प्रकाशन**

942, मुठ्ठीगंज, प्रयागराज-3 उत्तर प्रदेश, भारत
www.anjumanpublication.com
contact@anjumanpublication.com

मूल्य भारत में : ₹ 75
मूल्य विदेश में : $ 8

प्रथम संस्करण अंजमुन प्रकाशन द्वारा 2019 में प्रकाशित
सर्वाधिकार टेक्सट    कृष्णा 2019
सर्वाधिकार    अंजुमन प्रकाशन 2019

आवरण व टाइप सेटिंग : अंजुमन प्रकाशन
भारत में मुद्रित व जिल्दबंद

ISBN : 978-93-88556-27-9

समर्पण

परमेश्वर को समर्पित,
जिसे मैं राम के नाम से जानता हूँ।

# कृतज्ञता

पूजनीय पूर्वज और माता-पिता (भाग्यशाली हूँ कि संयुक्त परिवार में रहता हूँ और चाचा-मौसी के रूप में भी माता-पिता ही मिले । आत्मा आप चारों से प्रेम करती है और आप ही के स्वप्न लेती है)। ससुराल पक्ष के पूजनीय माता-पिता, पत्नी दीपिका (आत्मा का अंश, प्रेम और सच्चा जीवन साथी), भाई-बहन (उन यादों के लिए, जब खूब हँसे और कभी-कभी रोये भी)। परिवार के अन्य सदस्य, सगे-सम्बन्धी (बच्चे भी), आप सभी को धन्यवाद ।

चिकी, ईशु और शिवु, तुम्हें पाकर और तुम्हारे बालपन को देखकर आत्मा धन्य हुई ।

नवीन और शशि भैया, आप दोनों को विशेष धन्यवाद। आपके साथ पर्वतों और नदियों के दर्शन करके, जाने क्यों, एक अद्भुत आनंद की अनुभूति हुई ।

दीपिका और बेबी (बहन) को एक बार पुनः धन्यवाद, जिन्होंने इस पुस्तक को लिखने में मेरी सहायता की ।

सभी मित्रों को धन्यवाद ।

उन सभी को धन्यवाद, जिनसे मैं प्रभावित हुआ और जिनका मैं बहुत सम्मान करता हूँ।

इस पुस्तक को प्रकाशित करने के लिए अंजुमन प्रकाशन को धन्यवाद ।

# अनुक्रम

# भाग एक

मृष्ट राज्य के शिवाला पर्वत के मध्य भाग में स्थित एक गुफा में जब चक्रांक की आँखें खुली तो कार्तिक माह के शुक्ल पक्ष की एकादशी का सूर्योदय हो चुका था। घावों पर लेप लगा था। लम्बी नींद टूटी थी। अचेत था क्या... कितने दिनों से... यहाँ कैसे पहुँचा... चक्रांक के मन में कई प्रश्न उठ रहे थे और इन्हीं प्रश्नों के बीच जब दायीं ओर गुफा के बाहर की ओर देखा तो सामने का दृश्य अद्भुत था, कम से कम उसके लिए तो। उसने तो चीखें सुनी थी, रक्त देखा था और जाने कितने शव।

गुफा से थोड़ी दूर एक वृद्ध, जिसकी पीठ चक्रांक की ओर थी, सूर्य उपासना करते हुए जल-अर्पण कर रहा था। वृक्षों के बीच थोड़ी-थोड़ी दूरी पर हिम पड़ी हुई थी। सामने की ओर एक बड़ा झरना था, जो पर्वत से गिरते समय जम गया था और दूर होते हुए भी गुफा से दिखाई दे रहा था। झरने के ऊपर की ओर श्वेत ऊँची-ऊँची चोटियाँ थीं, जो पूर्णतः हिम से ढकी हुई थीं। गुफा के बाहर का दृश्य देखकर चक्रांक को अद्भुत आनंद की अनुभूति हुई, किंतु कुछ ही देर में उसकी आँखें पुनः बंद हो गयी।

एकादशी की रात्रि को चक्रांक की आँखें पुनः खुली तो सामने वही वृद्ध बैठा था, जो सूर्योदय के समय जल अर्पण कर रहा था। लम्बी श्वेत

दाढ़ी-मूँछों में वो शांत और प्रसन्न लग रहा था।

चक्रांक को स्मरण हुआ, वो तो बुरी तरह से घायल था। उसे अपनी मृत्यु दिख गयी थी और उसने मन ही मन प्रभु शिव को प्रणाम करते हुए अपनी मृत्यु स्वीकार कर ली थी... फिर वो जीवित कैसे है; ये चमत्कार कैसे हुआ।

''आप कौन हैं? मैं यहाँ कैसे पहुँचा?'',चक्रांक ने वृद्ध की ओर देखते हुए धीमे स्वर में कहा।

''पर्वतारोही हूँ, कभी-कभी नीचे की ओर चला जाता हूँ; पंचमी को जब नीचे की ओर गया तो तुम एक कोने में पड़े थे और बुरी तरह से घायल थे। देखकर लगा तो नहीं था जीवित बचोगे, फिर भी मैं तुम्हें गुफा में ले आया और चमत्कार देखो, तुम जीवित हो।'', वृद्ध ने चक्रांक की ओर प्रसन्न मुद्रा में देखते हुए कहा।

''जब मेरी आत्मा ही मुझे नोचेगी तो जीवित रहकर क्या करूँगा ?''

चक्रांक की बात सुनकर वृद्ध को आश्चर्य हुआ। वृद्ध ने चक्रांक को समझाते हुए कहा,''सृष्टि ने पुनः जीवन दिया है तो इसका सम्मान करो। मुझे नहीं पता तुम कौन हो, तुमसे क्या भूल हुई; किंतु फिर भी कहना चाहता हूँ, कुछ बुरा हुआ तो उसे भूल जाओ और एक नयी शुरूआत करो। सब कुछ हमारे नियंत्रण में नहीं है और ये शुभ है, बहुत शुभ... बस इतना समझो तुम जीवित हो, क्योंकि तुम्हें जीना है।''

वृद्ध की बात सुनकर चक्रांक प्रभावित हुआ। चक्रांक ने गुफा में टँगे चित्र की ओर देखा। नील रंग का बालक कमर में बाँसुरी बाँधे, घुटनों के बल बैठे मटकी से माखन निकालते हुए मंद-मंद मुस्कुरा रहा था। मशाल की रोशनी में प्रभु श्रीकृष्ण के बाल रूप के चित्र को चमकता देखकर कुछ क्षणों के लिए चक्रांक के मुख पर भी चमक आ गयी। घावों में जो दर्द था, हृदय में जो पीड़ा थी, कुछ देर के लिए चक्रांक उन्हें भूल गया। आभास हुआ जैसे कोई चमत्कार हुआ है। चक्रांक चित्र से प्रभावित हुआ और उसके आकर्षण में खो गया।

चक्रांक ने कुछ देर तक चित्र को निहारा, फिर वृद्ध की ओर देखते हुए कहा, ''आप चित्रकार भी हैं?''

''थोड़ी-बहुत चित्रकारी कर लेता हूँ।''

वृद्ध और चक्रांक ने कुछ देर और बातचीत की। वृद्ध ने चक्रांक के लिए काढ़ा तैयार किया। कुछ समय पश्चात् वृद्ध ने चक्रांक को रात्रि-विश्राम का संकेत देते हुए शुभरात्रि कहा। चक्रांक ने भी वृद्ध को धीमे स्वर में शुभरात्रि कहा।

तीन दिन और बीत गये। इन तीन दिनों में चक्रांक के स्वास्थ्य में थोड़ा सुधार हुआ, किंतु अभी भी घावों में दर्द था। चक्रांक एक सैनिक था और चाहता तो गुफा से जा सकता था; किंतु वो वृद्ध के साथ कुछ दिन और रहना चाहता था, जो नीचे की दुनियादारी से मुक्त था।

कार्तिक माह की पूर्णिमा का दिन था। चक्रांक कम्बल ओढ़े हुए एक पत्थर पर बैठा था। सूर्य की नर्म किरणें उसकी पीठ को सहला रही थी, किंतु फिर भी उसका मन शांत नहीं था। नीचे की दुनिया, जहाँ उसने चीखें सुनी, रक्त देखा और न जाने कितने शव। किसलिए? केवल कुछ भेड़ियों के कारण। विचार आया, भेड़िया तो ऊपर भी है, फिर क्या अंतर। ऊपर का भेड़िया प्राकृतिक है; वो नोचकर भी सुंदर है; किंतु नीचे का भेड़िया प्राकृतिक नहीं है और न ही नोचना उसका धर्म है। पुनः विचार आया, वो भी तो एक भेड़िया ही है; जो प्राकृतिक नहीं है, सुंदर नहीं है।

कुछ समय पश्चात् चक्रांक ऊपर की ओर गया। ऊपर की ओर एक छोटा झरना था, जिसका स्वर नीचे तक सुनायी दे रहा था। चक्रांक, झरने से थोड़ी दूर आँखें मूँदकर लेट गया। विचार आया, उसे एक नई शुरूआत करनी चाहिए... एक ऐसा जीवन, जो इस प्रकृति की तरह सुंदर और प्रसन्न हो, जहाँ केवल प्रेम ही प्रेम हो।

चार दिन और बीत गये। मार्गशीर्ष माह के कृष्ण-पक्ष की पंचमी की रात्रि का समय था। वृद्ध ने चक्रांक को बताया कि उसने उन श्वेत ऊँची-ऊँची चोटियों पर चढ़ायी की है, जिन्हें वो गुफा में लेटे-लेटे या बाहर निकलकर निहारता रहता है।

‘‘वहाँ पहुँचकर कैसा लगा?’’ चक्रांक ने बातचीत को आगे बढ़ाते हुए कहा।

‘‘लगा कि वो संभव है, जो हमारे लिए चमत्कार है। चोटी पर पहुँचने की प्रसन्नता अद्भुत थी, किंतु उससे अधिक प्रसन्नता उस मार्ग को देखकर हुई, जिससे गुज़रकर मैं वहाँ तक पहुँचा। हमारे पास क्या है, संभवतः उससे अधिक महत्त्वपूर्ण है, हम वहाँ तक कैसे पहुँचे। मुख पर आयी प्राकृतिक चमक की बात ही कुछ और है; वो बनावटी नहीं हो सकती। सब कुछ हमारे नियंत्रण में नहीं है और ये शुभ है, बहुत शुभ।’’

वृद्ध की बात सुनकर चक्रांक प्रभावित हुआ। जाने क्यों, उसने चित्र की ओर देखा। गुफा में जलती मशाल की रोशनी में जब नील रंग के कान्हा को देखा तो चक्रांक को एक अद्भुत आनंद की अनुभूति हुई। चक्रांक ने वृद्ध की ओर देखते हुए कहा, ‘‘आपने ठीक कहा, प्राकृतिक चमक की बात ही कुछ और है।’’

वृद्ध और चक्रांक की बातचीत कुछ देर और चली। वृद्ध ने चक्रांक के लिए काढ़ा तैयार किया। कुछ समय पश्चात् वृद्ध ने चक्रांक को रात्रि-विश्राम का संकेत देते हुए शुभरात्रि कहा। चक्रांक ने भी वृद्ध को शुभरात्रि कहा।

रात्रि विश्राम से पहले चक्रांक ने अंतिम बार उस चित्र की ओर देखा, जिसमें नील रंग का कान्हा मंद-मंद मुस्कुरा रहा था। मन ही मन उसने प्रभु शिव को प्रणाम किया। प्रणाम उस अद्भुत शक्ति को, जिसे हम किसी भी नाम से, किसी भी धर्म से, किसी भी रूप से जान लें, उसका अंतिम उद्देश्य केवल मानवता और प्रेम है।

दो दिन और बीत गये। मार्गशीर्ष माह के कृष्ण-पक्ष की अष्टमी का तीसरा पहर था। चक्रांक, गुफा से थोड़ी दूर एक चट्टान के निकट बैठा था। वो प्रकृति और वृद्ध से प्रभावित हो रहा था; किंतु कुछ था जिसे वो भूल नहीं पा रहा था।

उस भीषण रक्तपात के पश्चात् जिगीषु ने कार्तिक माह के शुक्ल-पक्ष की चतुर्थी की रात्रि को चक्रांक को एकांत में बुलवाया, ताकि सेना की उस टुकड़ी में जिगीषु के सिवा कोई नेतृत्व करने वाला ही न रहे। चक्रांक वहाँ

पहुँचा तो जिगीषु के साथियों की तलवारों ने पीछे से उसे नोच लिया। अंतिम प्रहार जिगीषु ने किया, जब चक्रांक बुरी तरह से घायल होकर उसके सामने पड़ा था।

चक्रांक, आँख मूंदकर चट्टान के निकट लेट गया, किंतु जिगीषु का स्वर अभी भी उसके कानों में गूँज रहा था। चक्रांक बुरी तरह से घायल था, जब जिगीषु ने उसकी छाती में तलवार चुभाते हुए कहा, ''हमारे दोनों साथियों का वध उन्होंने नहीं किया था, जिनकी तुम लाशें बिछाकर आये हो; राज्य को हड़पने, स्त्रियों और बच्चों को कुचलने का संदेश उन्होंने नहीं लिखा था, जिनकी तुम धज्जियाँ उड़ाकर आये हो। तुम क्या जानो मित्र, कभी-कभी महान सेनापति बनने के लिये क्या-क्या करना पड़ता है; साथियों का शव और उनके साथ आया संदेश, जो आत्मा में इतना विष भर दे कि शत्रु की सेना की टुकड़ी पर जब हमारी तलवारें चलें, तो न कोई दया हो, न रहम... बस रक्त ही रक्त हो।''

चक्रांक को अभी भी वो दृश्य स्मरण था, जब जिगीषु ने उसकी छाती में अपनी तलवार घुसेड़ दी और उसके कानों में धीरे से कहा, ''कुछ ही देर में महाराज को सूचना मिलने वाली है कि जिगीषु के नेतृत्व में उसकी सेना की टुकड़ी ने शत्रुओं की क्या धज्जियाँ उड़ायी; शुक्रिया, जो तुमने इतना रक्त बहाया और मेरे काम आये... अलविदा मित्र।''

चक्रांक, जिसका नाम सुनकर ही कलिल राज्य की सेना की टुकड़ी जोश से भर जाती थी; उसी चक्रांक को जिगीषु के पंजों ने नोच लिया। चक्रांक को नोचने के बाद जिगीषु के साथियों ने उसे मृष्ट राज्य की वादियों में लाकर फेंक दिया, ताकि कलिल राज्य में किसी को चक्रांक का शव भी ना मिले और कोई भी नहीं जान पाये कि चक्रांक, जो उस भीषण रक्तपात के पश्चात् जीवित था, उसकी मृत्यु कैसे हुई।

दो दिन और बीत गये। इन दो दिनों में चक्रांक, सूर्योदय से पहले ही ऊपर की ओर जाकर उस झरने के निकट जाकर बैठ जाता, जहाँ उसे एक नयी शुरूआत करने का विचार आया था। चक्रांक कभी आँख मूंदकर झरने का स्वर सुनता, तो कभी सूर्योदय से पूर्व, अम्बर पर जगमगाते चंद्रमा को निहारता।

दिन में चक्रांक कभी उस झरने को निहारता, जो पर्वत से गिरते समय जम गया था और दूर होते हुए भी गुफा से दिखायी देता था; कभी उन श्वेत ऊँची-ऊँची चोटियों को निहारता, जो पूर्णतः हिम से ढकी हुई थीं, तो कभी वृद्ध को देखता, जो इस उम्र में भी इधर-उधर थोड़ी-बहुत चढ़ायी करता। संभवतः वृद्ध अपने अंदर के पर्वतारोही को जीवित रखना चाहता था।

मार्गशीर्ष माह के कृष्ण-पक्ष की एकादशी की संध्या का समय था। चक्रांक, गुफा से थोड़ी दूर एक पत्थर पर बैठा था। वो वृद्ध और प्रकृति से प्रभावित हो रहा था, किंतु उस भीषण रक्तपात के पंजे अभी भी उसे नोच रहे थे। कभी विचार आता, जिगीषु और उसके साथियों की धज्जियाँ उड़ा दे; किंतु फिर विचार आता, क्या सच में सारा दोष जिगीषु का है, उसका कोई दोष नहीं? षड्यंत्र जिगीषु का था, किंतु उबाल तो उसके रक्त में भी था। किसी की मृत्यु का कारण बनने से पहले सौ बार सोचना चाहिए... तलवार किसी का घर ही उजाड़ती है। जाने कितनों के घर उजड़े हैं। चक्रांक के नेत्रों से आँसू निकल गये और उसे अपने जीवन से घृणा होने लगी।

चक्रांक के तन के घाव तो भर गये, किंतु उस भीषण रक्तपात के पंजे अभी भी उसकी आत्मा को नोच रहे थे। आभास होता, जैसे उसकी आत्मा दरिद्र हो चुकी है, उसके अंदर कुछ नहीं बचा। रात्रि में उसे रोते-तड़पते लोगों के स्वप्न आते। कल रात्रि भी स्वप्न आया... एक रोती-तड़पती स्त्री उसे शाप दे रही थी।

दो दिन और बीत गये। चक्रांक ने विचार किया, उसे नीचे जाना ही होगा; क्या पता, उसका मन किसी कार्य में लग जाय और उसे अंतर्मन की पीड़ा से कुछ छुटकारा मिल जाय।

मार्गशीर्ष माह के कृष्ण-पक्ष की चतुर्दशी का दिन था, जब चक्रांक ने वृद्ध से विदाई लेते समय कहा, ''आपसे मिलकर जाने क्यों, एक अद्भुत आनंद की अनुभूति हुई, मेरा जीवन आपका ऋणी है।''

''ऐसा नहीं कहते; कोई किसी का ऋणी नहीं होता। सत्य केवल प्रेम है, बाकी सब कहानियाँ हैं, घटनाएँ हैं; हमें मिलना था और हम मिले। तुमसे मिलकर मुझे भी उतनी ही प्रसन्नता हुई; वैसे तो मुझे एकांत में रहना

पसंद है, किंतु तुम्हारी जब कभी इच्छा हो यहाँ चले आना, तुमसे मिलकर प्रसन्नता ही होगी।'' वृद्ध ने प्रसन्न मुद्रा में देखते हुए कहा।

दिन का पहला पहर था, जब चक्रांक ने वृद्ध से विदाई ली और नीचे की ओर चल पड़ा।

# भाग दो

दिन का दूसरा पहर समाप्त होने वाला था। चक्रांक, गुफा से लगभग चार कोस नीचे की ओर आ चुका था। थोड़ा आगे चला, तो नीचे की ओर झील दिखाई दी। शिवाला पर्वत पर बसे मृष्ट राज्य की सुंदरता अभी भी कम नहीं हुई थी, प्रकृति की कृपा अभी भी हो रही थी। झील बड़ी थी और उसका अपना ही आकर्षण था। झील देखकर चक्रांक को अद्भुत आनंद की अनुभूति हुई। आती-जाती नावें, यात्रियों को झील के इस पार या उस पार ले जा रही थीं। चक्रांक, झील की ओर चल पड़ा।

चक्रांक, झील के निकट पहुँचा तो झील के उस पार जाने की इच्छा हुई। कुछ ही देर में चक्रांक वहाँ पहुँच गया, जहाँ कई नावें खड़ी थी। यात्री आ-जा रहे थे और थोड़ी भीड़ थी।

नाविक, यात्रियों को अपनी-अपनी नाव में बिठाने के लिए बुला रहे थे। चक्रांक नावों की ओर चला ही था कि उसकी दृष्टि एक पत्थर पर पड़ी। पत्थर पर लिखा था, शुल्क-एक टका प्रति व्यक्ति। चक्रांक कई दिनों तक वृद्ध की गुफा में ही रहा था, इसी कारण कुछ देर के लिए भूल गया कि वो सांसारिक जीवन में आ चुका है। झील के उस पार जाने का शुल्क एक टका था और चक्रांक के पास वो टका नहीं था।

चक्रांक ने सामने की ओर देखा। अंत में जो नाव खड़ी थी, उसके आगे एक सँकरा मार्ग था, जो वृक्षों के क़तार की ओर जा रहा था। कुछ यात्री उधर से भी आ-जा रहे थे। चक्रांक भी उस ओर चल पड़ा।

नाविक, यात्रियों को अपनी-अपनी नाव में बिठाने के लिए बुला रहे थे। एक नाविक ने चक्रांक को अपनी नाव में बिठाने के लिए बुलाया, किंतु चक्रांक आगे की ओर चलता रहा। नाव में बैठने की इच्छा तो थी, किंतु चक्रांक के पास वो टका नहीं था, जो उस नाविक को चाहिए था।

यात्रियों को झील के उस पार ले जाने के लिए अन्य नावों की तरह एक छोटी नाव भी नावों के बीच में खड़ी थी, जिसे खेने वाली एक युवती थी। चक्रांक और युवती की दृष्टि टकरायी, केवल कुछ क्षणों के लिए। युवती ने अपनी दृष्टि फेर ली... क्यों, पता नहीं। जो हुआ, बिल्कुल प्राकृतिक था।

युवती ने चक्रांक की ओर इस उद्देश्य से देखा था, ताकि वो उसे अपनी नाव में बिठाने के लिए बुला सके; किंतु जाने क्यों वो चक्रांक से कुछ नहीं कह पायी।

चक्रांक ने भी अगले ही क्षण अपनी दृष्टि फेर ली। नाविक, यात्रियों को अपनी-अपनी नाव में बिठाने के लिए बुला रहे थे और चक्रांक आगे की ओर चलता जा रहा था। चक्रांक के अंतर्मन में अब एक दृश्य चल रहा था; युवती का मुख गोल और रंग गोरा था... हल्के भूरे रंग के नेत्र, जिनसे केवल कुछ क्षणों के लिए दृष्टि टकरायी थी, जाने क्यों चक्रांक को अपनी ओर आकर्षित कर रहे थे; ठीक वैसे, जैसे वो झरना करता था, जो पर्वत से गिरते समय जम गया था और दूर होते हुए भी गुफा से दिखायी देता था, जैसे सूर्योदय से पूर्व अम्बर पर जगमगाता चंद्रमा करता था, जैसे वृक्षों के बीच थोड़ी-थोड़ी दूरी पर पड़ी हुई वो हिम करती थी, जैसे पूर्णतः हिम से ढकी हुई वो श्वेत ऊँची-ऊँची चोटियाँ करती थीं।

चक्रांक का स्वयं पर कोई नियंत्रण नहीं था। आभास हुआ, जैसे कोई आत्मीय संबंध है, जो उसे अपनी ओर खींच रहा है। चक्रांक को बार-बार वो दृश्य स्मरण हो रहा था, जब उसकी दृष्टि हल्के भूरे रंग के नेत्रों से

टकरायी जो बिल्कुल झील की तरह थे। चक्रांक को विचार आया, यहाँ एक नहीं दो झील हैं और दोनों में ही अद्भुत आकर्षण है।

चक्रांक अपने ही विचारों में खोया हुआ आगे की ओर चलता जा रहा था। वृक्षों के निकट जाकर उसने एक वृक्ष की ओट से झील की ओर देखा। वो छोटी नाव झील से चल पड़ी थी। नाव में छह यात्रियों के सिवा एक आठ वर्ष का बालक भी बैठा था, जो युवती का छोटा भ्राता था और नाव खेने में अपनी बहन की सहायता कर रहा था। नाव चक्रांक से दूर जा रही थी, किंतु वो प्रसन्न था। युवती की पीठ चक्रांक की ओर थी और अब वो उसे आराम से निहार सकता था। कुछ देर के लिए स्वतंत्र हुआ, मुक्त हुआ दुनियादारी से।

चक्रांक को युवक-युवती के बीच होने वाले प्रेम के बारे में अधिक तो नहीं पता था, किंतु उसने सुना था, जब कोई किसी से प्रेम करता है तो वो उसे पलटकर देखता है। चक्रांक प्रतीक्षा करने लगा उस क्षण की, जब युवती पलटकर पीछे की ओर देखे; किंतु उसने पलटकर नहीं देखा। विचार आया, क्या प्रेम किसी नियम पर निर्भर है? नहीं, बिल्कुल नहीं। प्रेम स्वतंत्र है, मुक्त है दुनियादारी से।

चक्रांक, युवती को तब तक निहारता रहा, जब तक उसके और नाव के बीच वृक्षों से घिरा हुआ झील का एक कोना नहीं आ गया। नाव मुड़ती गयी और कुछ ही क्षणों में चक्रांक की दृष्टि से ओझल हो गयी।

चक्रांक को विचार आया, यदि नाव में बैठना है, हल्के भूरे रंग के नेत्रों को निकट से निहारना है तो इसके लिए टके चाहिए। यहाँ एक नहीं दो झील हैं और दोनों में ही अद्भुत आकर्षण है। एक झील के तो वो किनारे खड़ा है... क्या दूसरी झील के भी किनारे खड़ा है।

चक्रांक, वृक्षों के ओट में से निकलकर उस ओर चल पड़ा, जिधर से आया था। अधिकांश यात्री नावों से उतरकर एक चौड़े मार्ग की ओर जा रहे थे। चक्रांक भी उनके पीछे-पीछे चल पड़ा। चक्रांक की दृष्टि पुनः उस पत्थर पर पड़ी, जिस पर लिखा था, शुल्क-एक टका प्रति व्यक्ति।

कुछ समय पश्चात् चक्रांक को बायीं ओर एक छोटी दुकान दिखायी

दी। चक्रांक ने कामकाज के लिए पूछा तो व्यापारी ने उसे बताया कि एक कोस की दूरी पर पुंगव नगर है, जहाँ उसे कोई न कोई कार्य मिल जायेगा। व्यापारी को धन्यवाद देकर चक्रांक पुंगव नगर की ओर चल पड़ा।

पुंगव नगर के बाज़ार से पहले, चक्रांक को मार्ग में ऊपर की ओर तीन शिविर दिखायी दिये। एक शिविर पर लिखा था, यात्रियों के विश्राम की उचित व्यवस्था, शुल्क-तीन टके प्रति व्यक्ति।

थोड़ा आगे चलकर चक्रांक विश्राम करने के लिए एक पत्थर पर बैठ गया। जाने क्यों, चक्रांक को वो शिविर अपनी ओर आकर्षित कर रहे थे। विचार आया, यदि उसे कोई कामकाज मिल गया और आज ही कुछ टके मिल गए तो वो इन्हीं शिविरों में रात्रि विश्राम करेगा।

दिन का तीसरा पहर लगभग आधा बीत चुका था, जब चक्रांक पुंगव नगर के बाज़ार पहुँचा, बाज़ार में रौनक़ थी। एक चौड़ा मार्ग और उसके दोनों ओर दुकानें ही दुकानें थीं। कोई दुकान आभूषणों से सजी थी तो कोई सुंदर वस्त्रों से, किसी दुकान के बाहर मिर्च-मसाले रखे हुए थे, तो किसी दुकान से पकवानों की सुगंध आ रही थी।

संध्या तक चक्रांक बाज़ार में इधर-उधर भटकता रहा। उसने कई दुकानों पर कामकाज पूछा, किंतु निराशा ही हाथ लगी। चक्रांक, बाज़ार से निकलकर एक पत्थर पर बैठ गया। विचार आया, उसे शीघ्र ही कोई कामकाज चाहिए। कामकाज नहीं मिला तो रात्रि-विश्राम के लिए कहीं आश्रय लेना पड़ेगा। आश्रय भी नहीं मिला तो! तो पूरी रात्रि उसे किसी वृक्ष या पत्थर की ओट में बितानी होगी और संभवतः मार्गशीर्ष माह की चतुर्दशी की रात्रि में वो भी जम जायेगा, जैसे वृद्ध की गुफा से दिखने वाली उन श्वेत ऊँची-ऊँची चोटियों पर पड़ी हुई हिम जम गयी थी। चक्रांक को अब कामकाज की कम और रात्रि विश्राम की अधिक चिंता हो रही थी।

चक्रांक आगे की ओर चल पड़ा। उसे नहीं पता था, वो किधर जा रहा है। चक्रांक को जिस ओर मार्ग दिखायी दे रहा था, वो उसी ओर चलता जा रहा था। कुछ समय पश्चात् उसे दायीं ओर ऊपर की ओर आने-जाने के लिए एक सँकरा मार्ग दिखाई दिया। चक्रांक बिना सोचे-समझे उस सँकरे

मार्ग पर चल पड़ा।

चक्रांक को अभी भी थोड़ी-बहुत आशा थी कि उसे शीघ्र ही कोई न कोई कामकाज मिल जाएगा। कुछ समय पश्चात् उसे ऊपर की ओर एक बड़ा शिविर दिखायी दिया।

चक्रांक ऊपर की ओर चला तो उसे शिविर के सामने सुंदर वस्त्रों में एक व्यापारी दिखायी दिया। व्यापारी की उम्र चालीस वर्ष थी। व्यापारी के वस्त्रों को देखकर समझा जा सकता था कि वो बहुत बड़ा व्यापारी है। चक्रांक, व्यापारी की ओर चल पड़ा।

व्यापारी बहुत धनाढ्य लग रहा था, किंतु उसके मुख पर अहंकार का कोई भाव नहीं था। चक्रांक ने व्यापारी को अभिवादन किया और विनम्रता से कामकाज के लिए पूछा। व्यापारी ने चक्रांक को दिलासा देते हुए कहा, ''अभी तो मेरे पास तुम्हारे लिए कोई काम नहीं हैं, किंतु पौष माह में मुझे कुछ और कर्मचारियों की आवश्यकता पड़ेगी, तुम तब चले आना।''

चक्रांक निराश होकर चलने लगा तो व्यापारी ने पुनः कहा, ''कहाँ से आये हो?''

व्यापारी की बात सुनकर चक्रांक एक क्षण के लिए सकपका गया। वृद्ध की गुफा में उसे पुनः जीवन मिला था और इस जीवन में वो अपनी पहचान गुप्त ही रखना चाहता था। वो नहीं चाहता था कि कोई उसे चक्रांक नाम से पुकारे। चक्रांक ने विश्वासपूर्वक कहा, ''जी, मरीची राज्य का रहने वाला हूँ।''

'नाम?'

''जी, पुंडरीक।''

''मरीची तो यहाँ से बहुत दूर है, कामकाज के लिए इतनी दूर आने की क्या आवश्यकता थी?'', व्यापारी ने चक्रांक को ध्यान से देखते हुए कहा।

''मेरे आगे-पीछे कोई नहीं है साहब; रहने को एक छोटी-सी कुटिया थी और पेट भरने के लिए ज़मीन का छोटा-सा टुकड़ा। पिछले तीन वर्षों से खेत में अनाज का एक दाना भी नहीं हुआ... सूद चढ़-चढ़कर क़र्ज़ इतना

हो गया कि ज़मींदार ने खेत और कुटिया दोनों छीन ली। रहने को कोई ठिकाना नहीं बचा था और न ही मेरा वहाँ मन लगता था। एक मित्र ने बताया, मृष्ट राज्य में सरलता से कामकाज मिल जाता है और उचित पारिश्रमिक भी। उसने कहा कि मृष्ट राज्य से आज तक कोई खाली हाथ नहीं लौटा। बस उसी की बात मानकर इतनी दूर आया हूं, ताकि कोई कामकाज मिल जाए तो मैं भी चैन से अपना पेट भर सकूँ।'', चक्रांक ने विश्वासपूर्वक कहा।

''किंतु ये तो पर्वतीय क्षेत्र है, रह पाओगे?''

''मुझे चैन से रहना है साहब, फिर चाहे कहीं रहूँ।''

''यहाँ भी कोई ज़मींदार मिल गया तो!''

व्यापारी की बात का चक्रांक के पास कोई जवाब नहीं था। चक्रांक को चुप देखकर व्यापारी ने पुनः कहा, ''मान लिया मृष्ट राज्य में तुम्हें कोई ज़मींदार नहीं नोचेगा, किंतु यहां नोचने के लिए भेड़िए हैं, कब तक बचोगे?''

''नीचे का भेड़िया नोचे, उससे लाख गुणा अच्छा है ऊपर का भेड़िया नोच ले; उसका भोजन बनूंगा तो कम से कम मेरी आत्मा को तो शांति मिलेगी।'' चक्रांक ने विश्वासपूर्वक कहा।

''बातें तो बड़ी अच्छी कर लेते हो, किंतु इतना क्रोध अच्छा नहीं।''

''छोटी-सी कुटिया थी साहब, वो भी छीन ली, क्रोध किसे नहीं आयेगा?''

''चिंता मत करो, सब ठीक हो जायेगा। अभी तुम क्रोध में हो... आग बुझ भी जाए तो भी कुछ देर तक भस्म में तपन रहती है; अच्छा ये बताओ, क्या कभी किसी पर्वत पर चढ़ायी की है।''

''जी, दो बार कटुआ पर्वत पर महादेव के दर्शन करने गया था, इसके सिवा कभी नहीं।''

''कटुआ पर्वत पर महादेव के दर्शन कर आये, और क्या चाहिए;

अच्छे-अच्छों से वो यात्रा नहीं हो पाती।''

''जी, महादेव की कृपा है।''

''हम सब पर उन्हीं की कृपा है और सदैव बनी रहे। तुम्हारे लिए मेरे पास एक कार्य है, किंतु हम कल बात करेंगे, आज रात्रि तुम यहीं विश्राम करो।''

व्यापारी के आश्वासन से चक्रांक को राहत मिली। व्यापारी ने एक कर्मचारी को बुलाकर चक्रांक के रात्रि-विश्राम की व्यवस्था करने को कहा। चक्रांक को प्रातः काल में मिलने का आश्वासन देकर व्यापारी अपने घर की ओर चल पड़ा।

चक्रांक ने कर्मचारी के साथ शिविर में प्रवेश किया। शिविर में पचास कर्मचारी थे और औषधियों का बड़े स्तर पर निर्माण हो रहा था।

अपना कामकाज निपटाने के बाद कर्मचारियों ने अपने नये साथी चक्रांक का स्वागत किया और उसे बताया कि व्यापारी कई राज्यों में औषधियों का निर्यात करता है; इस शिविर की तरह व्यापारी के राज्य में कई और शिविर भी हैं, जहाँ औषधियों का निर्माण होता है। कर्मचारियों ने चक्रांक को विश्वास दिलाया कि यदि स्वयं व्यापारी ने उसे आश्वासन दिया है तो उसे कोई न कोई कामकाज अवश्य मिल जायेगा।

प्रतिदिन की तरह मार्गशीर्ष माह की अमावस्या के सूर्योदय से पहले ही चक्रांक की आँखे खुल गयी। शिविर में मिला कम्बल ओढ़कर चक्रांक शिविर से बाहर आया। कुछ कर्मचारियों ने एक चट्टान की ओट में अलाव जला रखा था। चक्रांक अलाव की ओर चल पड़ा।

अन्य कर्मचारियों की तरह चक्रांक भी अलाव के निकट बैठ गया। कर्मचारियों ने चक्रांक को पुनः विश्वास दिलाया कि उसे शीघ्र ही कोई न कोई कामकाज मिल जायेगा। मृष्ट राज्य से आज तक कोई खाली हाथ नहीं लौटा।

अलाव बुझते ही कर्मचारी शिविर की ओर चले गये, किंतु चक्रांक कुछ देर तक अलाव के निकट बैठा रहा। अलाव बुझ चुका था, किंतु उसकी

भस्म में अभी भी तपन थी।

कुछ समय पश्चात् चक्रांक शिविर के दायीं ओर जाकर एक पत्थर पर बैठ गया। सूर्योदय हो चुका था। ऊपर की ओर पर्वतीय वन क्षेत्र था, जो प्रातः काल की लालिमा में बहुत ही आकर्षक लग रहा था। चक्रांक ने कुछ देर तक पर्वतीय वन क्षेत्र को निहारा, फिर आँख मूँदकर पक्षियों का कर्णप्रिय स्वर सुनने लगा।

मृष्ट राज्य में आँख मूँदकर पक्षियों का कर्णप्रिय स्वर सुनकर चक्रांक को अद्भुत आनंद की अनुभूति हुई। आभास हुआ कि यदि वो प्रतिदिन अभ्यास करे तो वो पक्षियों की भाषा समझ सकता है और उनसे बातचीत भी कर सकता है।

चक्रांक अपने ही विचारों में खोया हुआ था। वो कुछ देर और आँख मूँदकर पक्षियों का कर्णप्रिय स्वर सुनता, किंतु उसे लगा जैसे किसी ने उसे पुंडरीक नाम से पुकारा हो। चक्रांक ने आँख खोली तो उसके सामने व्यापारी खड़ा था।

चक्रांक ने उसी क्षण खड़े होकर व्यापारी को अभिवादन किया। व्यापारी ने चक्रांक का अभिवादन स्वीकार करते हुए कहा,''जीवन का वास्तविक आनंद तो तुम ले रहे हो, मुझे तो कामकाज से ही फुर्सत नहीं मिलती; कभी-कभी मेरा भी मन करता है, सब-कुछ छोड़-छाड़कर जीवन का आनंद लूँ'', बोलते समय व्यापारी के मुख पर हल्की-सी प्रसन्नता थी।

''ऐसा मत कहिए; आपके कारण जाने कितने परिवार अपना जीवन निर्वाह कर रहे हैं... मैं तो बस यूँ ही आँख मूंदकर बैठा था, ताकि अंतर्मन को कुछ शांति मिले।''

''चिंता मत करो, सब ठीक हो जायेगा।''

व्यापारी ने कुछ देर सोचते हुए पुनः कहा,''क्या एक दिन में सौ टके कमाना चाहोगे?''

व्यापारी की बात सुनकर चक्रांक चौंक गया। उसने कभी स्वप्न में भी नहीं सोचा था कि एक दिन में वो सौ टके कमा सकता है। चक्रांक को

असमंजस में देखकर व्यापारी ने पुनः कहा, ‘‘ऊपर की ओर पर्वतीय वन-क्षेत्र देख रहे हो, वहाँ कुछ दुर्लभ जड़ी-बूटियाँ हैं; ले आये तो सौ टके तुम्हारे।’’

चक्रांक अभी भी दुविधा में था। व्यापारी ने पुनः कहा, ‘‘व्यापारी हूँ, वो भी अव्वल दर्जे का। किसी से मिलते ही जान लेता हूँ, उसकी जड़ें कितनी गहरी हैं... मुझे लगता है तुम कर सकते हो, इसलिए कह रहा हूँ, फिर भी अंतिम निर्णय तुम्हारा है; ऊपर दुर्लभ जड़ी-बूटियाँ हैं तो दुर्लभ भेड़िये भी हैं; ऊपर दुर्लभ भेड़िये हैं तो दुर्लभ जड़ी-बूटियाँ भी हैं; संध्या तक सोच-समझकर बताना, तुम्हें ऊपर की ओर क्या दिखाई दे रहा है?’’

चक्रांक को संध्या तक का समय देकर व्यापारी वहाँ से चला गया। चक्रांक दिन भर पर्वतीय वन-क्षेत्र को देखता रहा। बार-बार विचार आ रहा था, जड़ी-बूटियाँ ले आया तो बदले में सौ टके मिलेंगे और सौ टकों का अर्थ है, वो सौ बार उन नेत्रों को निकट से निहार सकता है, जिन नेत्रों ने उस पर काला जादू फूँका है। चक्रांक, जड़ी-बूटियों को लाने का मन बनाता तो पुनः विचार आता, वहाँ केवल दुर्लभ जड़ी-बूटियाँ नहीं हैं, दुर्लभ भेड़िये भी हैं जो उसे नोच-नोचकर उसकी धज्जियाँ उड़ा देंगे। क्या ऊपर के भेड़िये नीचे के भेड़ियों से अधिक घातक हैं? ऊपर के भेड़िये नोचते हैं तो केवल एक बार मृत्यु होती है, किंतु नीचे के भेड़िये नोचते हैं तो जाने कितनी बार तड़पना-मरना पड़ता है।

संध्या का समय था। चक्रांक ने व्यापारी की बात स्मरण करते हुए पर्वतीय वन-क्षेत्र की ओर देखा। उसे न तो दुर्लभ जड़ी-बूटियाँ दिखायी दे रही थीं और न ही दुर्लभ भेड़िये; उसे केवल सौ टके दिखायी दे रहे थे और सौ टकों का अर्थ था, वो सौ बार उन नेत्रों को निकट से निहार सकता है, जिन नेत्रों ने उस पर काला जादू फूँका है। चक्रांक ने पर्वतीय वन-क्षेत्र से जड़ी-बूटियाँ लाने का मन बना लिया और वो व्यापारी की प्रतीक्षा करने लगा।

सूर्यास्त होने ही वाला था, जब व्यापारी शिविर की ओर आया। व्यापारी ने चक्रांक से एकांत में बातचीत की। चक्रांक का निर्णय जानकर व्यापारी के मुख पर प्रसन्नता आ गयी। व्यापारी ने चक्रांक को दुर्लभ जड़ी-

बूटियों के बारे में बताया, ताकि वो उन्हें सरलता से पहचान ले। व्यापारी ने चक्रांक को उसकी सुरक्षा के लिए एक कटार दी और पुनः आश्वासन दिया, यदि वो दुर्लभ जड़ी-बूटियाँ ले आया तो वो उसी क्षण उसे सौ टके दे देगा।

चक्रांक को वचन देकर व्यापारी अपने घर की ओर चल पड़ा। कुछ समय पश्चात् चक्रांक भी शिविर की ओर चल पड़ा, ताकि वो रात्रि-विश्राम कर सके।

मार्गशीर्ष माह के शुक्ल-पक्ष के प्रथम दिन का सूर्योदय होने से पहले ही चक्रांक, पर्वत के ऊपरी क्षेत्र की ओर चल पड़ा। लगभग दो कोस की चढ़ाई करने के बाद एक समतल मैदान आया। मैदान के ऊपर की ओर वो पर्वतीय वन-क्षेत्र था, जहाँ से चक्रांक को दुर्लभ जड़ी-बूटियाँ लानी थीं। चक्रांक को मैदान के दूसरी ओर नदी का स्वर सुनाई दिया। स्वर सुनकर चक्रांक को तीव्र इच्छा हुई कि थोड़ी देर नदी के निकट जाकर शांत मन से उसके कर्णप्रिय संगीत का आनंद लिया जाय। हालाँकि चक्रांक का उद्देश्य ऊपर की ओर जाकर उन दुर्लभ जड़ी-बूटियों को लाना था, जिनके बदले उसे सौ टके मिलने वाले थे, किंतु फिर भी उसका मन नदी की ओर आकर्षित हो रहा था। चक्रांक, मैदान के दूसरी ओर नीचे की ओर चल पड़ा।

कुछ ही देर में चक्रांक नदी की ओर पहुँच गया। नदी बहुत बड़ी थी और उसका अपना ही आकर्षण था। चक्रांक ने मन ही मन नदी को प्रणाम किया। उसे प्रकृति से प्रेम होने लगा था। चक्रांक के हृदय में यदि थोड़ी-बहुत प्रसन्नता थी, तो उसका कारण केवल वृद्ध, प्रकृति और हल्के भूरे रंग के नेत्र थे, जिन्हें वो निकट से निहारना चाहता था।

नदी के शीतल जल से चक्रांक ने प्यास बुझायी। नदी से थोड़ी दूर जाकर कुछ देर के लिए चक्रांक एक चट्टान के निकट बैठ गया और शांत मन से नदी का कर्णप्रिय संगीत सुनने लगा।

दिन का दूसरा पहर था, जब चक्रांक ऊपर की ओर चल पड़ा। पर्वतीय वन-क्षेत्र से दुर्लभ जड़ी-बूटियों को लाना इतना सरल नहीं था और इसी कारण व्यापारी ने चक्रांक को इसके बदले सौ टके देने का वचन दिया

था। दिन का तीसरा पहर प्रारम्भ हो चुका था। चक्रांक अभी भी ऊपर की ओर चढ़ता जा रहा था। कुछ समय पश्चात् चक्रांक को बायीं ओर दुर्लभ जड़ी-बूटियों की गंध आयी... वही गंध, जिसके बारे में व्यापारी ने उसे बताया था। चक्रांक उस ओर चल पड़ा।

कुछ ही समय में चक्रांक उन दुर्लभ जड़ी-बूटियों के सामने खड़ा था, जिनके बदले उसे सौ टके मिलने वाले थे। जड़ी-बूटियाँ देखकर चक्रांक की प्रसन्नता का कोई ठिकाना नहीं था। उसने शीघ्र ही दुर्लभ जड़ी-बूटियों के दो थैले भर लिये और नीचे की ओर उतरने लगा।

चक्रांक भाग्यशाली रहा कि उसका सामना किसी नरभक्षी जीव से नहीं हुआ। पर्वतीय वन-क्षेत्र में उसका सामना केवल कुछ बंदरों से हुआ, जो उसके जड़ी-बूटियों से भरे थैले छीनना चाहते थे... किंतु उन्हें शीघ्र ही समझ में आ गया कि ये थैले उनके नहीं है और चक्रांक किसी भी सूरत में उन्हें ये थैले नहीं देगा।

सूर्यास्त होने ही वाला था, जब चक्रांक, शिविर की ओर पहुँचा। व्यापारी उसकी प्रतीक्षा कर रहा था। चक्रांक को देखकर व्यापारी की प्रसन्नता का कोई ठिकाना नहीं था।

व्यापारी शिविर से थोड़ी दूर चला गया, ताकि चक्रांक भी उस ओर आ जाय। कुछ ही देर में चक्रांक भी वहाँ पहुँच गया। दुर्लभ जड़ी-बूटियों से भरे थैलों से आ रही गंध से ही व्यापारी ने अनुमान लगा लिया था कि चक्रांक उसकी बतायी हुई दुर्लभ जड़ी-बूटियों को ले आया। व्यापारी ने जैसे ही जड़ी-बूटियाँ देखी, उसके नेत्र चमक उठे। व्यापारी ने चक्रांक को सौ टके देते हुए उत्सुकता से पूछा, ''भेड़िये नहीं मिले!''

''जी नहीं।''

''फिर तो तुम भाग्यशाली हो।''

''आप कहते हो तो मान लेता हूँ।''

चक्रांक की बात सुनकर व्यापारी के मुख पर प्रसन्नता आ गयी। चक्रांक और व्यापारी की बातचीत कुछ देर और चली। व्यापारी को उसकी

दी हुई कटार सौंपते हुए चक्रांक ने व्यापारी को पुनः अभिवादन किया और विदाई ली।

चक्रांक थोड़ा ही चला था कि व्यापारी ने कहा, ''आज रात्रि यहीं विश्राम कर लेते।''

''जी धन्यवाद, किंतु मैं कुछ दिन एकांत में रहना चाहता हूँ।''

''समझ गया, तुम नहीं चाहते कि पक्षियों का स्वर सुनते समय तुम्हें कोई व्यापारी परेशान करे।''

''ऐसी बात नहीं है; बस यूँ ही मन कर रहा है कि कुछ दिन यहाँ की प्रकृति के बीच एकांत में रहूँ।''

''क्यों नहीं, मृष्ट राज्य की प्रकृति ही कुछ ऐसी है, जो भी आता है, यहाँ का प्रशंसक बन जाता है; जब कभी मन करे निस्संकोच चले आना, तुम्हारे लिए मेरे पास बहुत काम हैं।'' बोलते समय व्यापारी के मुख पर हल्की-सी प्रसन्नता थी।

''जी अवश्य।''

चक्रांक, व्यापारी से विदाई लेकर उस ओर चल पड़ा, जहाँ आते समय उसे रात्रि-विश्राम के लिए बाज़ार से पहले कुछ शिविर दिखाई दिये थे। जाने क्यों, चक्रांक को वो शिविर अपनी ओर आकर्षित कर रहे थे। सौ टके कमाते समय चक्रांक को एक ही विचार आया था कि वो सौ बार उन नेत्रों को निकट से निहार सकता है, जिन नेत्रों ने उस पर काला जादू फूँका है। किंतु वो शीघ्र ही समझ गया, उसे कुछ टके कहीं और भी ख़र्च करने पड़ेंगे।

चक्रांक बाज़ार से गुज़रा तो गर्म मोटे कम्बलों को देखकर विचार आया, एक कम्बल उसके पास भी होना चाहिए; क्या पता, उसे कहाँ रुकना पड़ जाय। चक्रांक ने तीन टके में एक कम्बल ख़रीदा, ताकि किसी अनहोनी में वो रात्रि में ठण्ढ से बच सके।

कम्बल ख़रीदकर चक्रांक उस ओर चल पड़ा, जहाँ आते समय उसे रात्रि-विश्राम के लिए कुछ शिविर दिखाई दिये थे। कुछ समय पश्चात्

चक्रांक, शिविरों की ओर पहुँच गया। वहाँ तीन शिविर थे। दो शिविर, यात्रियों के ठहरने के लिये थे और एक शिविर, मालिक और कर्मचारियों के लिए था। रात्रि-विश्राम का शुल्क तीन टके था।

चक्रांक ने शिविर के मालिक को तीन टके दिये और रात्रि-विश्राम के लिये एक छोटे शिविर में प्रवेश किया। शिविर में तीन यात्रियों के रुकने की व्यवस्था थी, किंतु चक्रांक के सिवा शिविर में कोई नहीं था। चक्रांक थक चुका था, वो शीघ्र ही गहरी निद्रा में चला गया।

प्रतिदिन की तरह चक्रांक की आँखें सूर्योदय से पहले ही खुल गयीं। चक्रांक के पास दो कम्बल थे... एक शिविर में मिला हुआ और एक खरीदा हुआ। चक्रांक, अपना ख़रीदा हुआ कम्बल ओढ़कर शिविर से बाहर आया तो देखा, शिविर के सामने की ओर दो चट्टानों के बीच एक युवक ने अलाव जला रखा है। दोनों चट्टानें एक-दूसरे से जुड़कर चार-पाँच व्यक्तियों के लिए किसी छोटी गुफा का काम कर रही थीं। दोनों चट्टानों के बीच बैठा युवक अलाव की आँच हथेलियों पर समेटकर बार-बार अपने गालों पर मसल रहा था। चट्टानों के बीच अलाव देखकर चक्रांक को प्रसन्नता हुई... वो अलाव की ओर चल पड़ा।

अलाव के निकट बैठकर चक्रांक भी अपने हाथ-पाँव सेंकने लग गया। कुछ देर बाद चक्रांक और युवक की बातचीत हुई। युवक ने बताया कि उसका नाम भासुर है और वो पास के ही गाँव का निवासी है। चक्रांक ने भी उसे विश्वासपूर्वक बताया कि वो मरीची राज्य का रहने वाला है और उसका नाम पुंडरीक है। भासुर से बातचीत करके चक्रांक को प्रसन्नता हुई। भासुर से कुछ भी पूछो, वो दो बातें और बता देता था। भासुर ने कहा, ''मरीची राज्य तो यहाँ से बहुत दूर है साहब।''

''हाँ, दूर तो है।'', चक्रांक ने विश्वासपूर्वक कहा।

''यूँ ही घूमने-फिरने आये हो साहब, या किसी आवश्यक कार्य से?''

''आया तो किसी कार्य से ही था, किंतु यहाँ की प्रकृति को देखकर मन

कर रहा है कि कुछ दिन यहीं रह जाऊँ।''

''क्यों नहीं साहब, मृष्ट राज्य की प्रकृति ही कुछ ऐसी है कि जो भी आता है, यहाँ का प्रशंसक बन जाता है।''

''ठीक कहा; ऐसे लगता है जैसे यहाँ की प्रकृति में जादू है... एक अद्भुत आकर्षण।''

अलाव बुझने तक चक्रांक और भासुर एक-दूसरे से बातचीत करते रहे। अलाव बुझते ही भासुर शिविर की ओर चला गया, जबकि चक्रांक कुछ देर तक अलाव के पास बैठा रहा। अलाव बुझ चुका था, किंतु उसकी भस्म में अभी भी तपन थी।

सूर्योदय होते ही चक्रांक, झील की ओर चल पड़ा। चक्रांक अपने ही विचारों में खोया हुआ झील की ओर चलता जा रहा था। झील के निकट पहुँचा तो समझ में आया, वो अकेला नहीं है, जिसे झील के उस पार जाना है। झील किनारे भीड़ थी। प्रातः काल होने के कारण बहुत सारे लोग कामकाज के लिए झील के उस पार जा रहे थे।

चक्रांक को जिस नाव में बैठना था, वो आज भी अन्य नावों के बीच में खड़ी थी। भीड़ देखकर चक्रांक प्रसन्न हुआ। भीड़ के कारण कोई नहीं जान पायेगा कि वो केवल उसी नाव में क्यों बैठना चाहता है, सिवाय हल्के भूरे रंग के नेत्रों के। चक्रांक शीघ्रता से उस नाव की ओर चल पड़ा, जिसमें वो बैठना चाहता था।

चक्रांक नाव के निकट पहुँचा तो युवती से पुनः दृष्टि टकरायी, किंतु अगले ही क्षण युवती ने अपनी दृष्टि फेर ली। नाव में पाँच यात्री पहले से ही बैठे थे। एक पंक्ति में दो अधेड़ व्यक्ति बैठे थे और उनके बीच में बैठा था, एक गोलमटोल-सा युवक। दूसरी पंक्ति में वृद्धा और एक युवक बैठा था। चक्रांक, वृद्धा के निकट बैठ गया। कुछ ही क्षणों में नाव चल पड़ी, एक और यात्रा के लिए। युवती के पास उसका छोटा भ्राता बैठा था जो नाव खेवने में उसकी सहायता कर रहा था।

नाव ने झील का किनारा छोड़ा ही था कि वृद्धा ने उस गोल-मटोल से

युवक की ओर देखते हुए कहा, "तू मलय का ही छोरा है ना!"

'हाँ' युवक ने विनम्रता से कहा।

"कोई कामकाज भी करता है या यूँ ही किसी निठल्ले की तरह इधर-उधर घूम रहा है?"

"इस पूर्णिमा को चूड़ियों और सजावटी आभूषणों की दुकान खोल रहा हूँ, उसी के लिए सामान लेने जा रहा हूँ।"

"अच्छी बात है, अब नहीं कमाएगा तो कब कमाएगा; मुझे भी चूड़े चाहिए थे, याद से लेकर आना।"

वृद्धा की बात सुनकर सभी के मुख पर प्रसन्नता आ गयी। उसके मुख पर भी, जिसके नेत्र हल्के भूरे रंग के थे।

चक्रांक ने पहली बार युवती के मुख पर आयी हल्की-सी प्रसन्नता को देखा। एक अद्भुत आनंद की अनुभूति। चक्रांक को विचार आया, वो उसके कोमल हाथों से पतवार छीनकर उससे कह दे कि वो उसके सामने बैठी रहे, नाव को वो खे लेगा।

"सुना है मानद का स्वास्थ्य फिर से बिगड़ गया।", इस बार वृद्धा ने युवती की ओर देखते हुए कहा। चक्रांक ने भी युवती की ओर देखा। किसी के बारे में जानने की इतनी तीव्र इच्छा चक्रांक को कभी नहीं हुई।

"हाँ, वही छाती का पुराना दर्द; परसों हालत बिगड़ गयी थी, किंतु अब ठीक हैं।", चक्रांक ने पहली बार युवती का स्वर सुना। स्वर सुनकर उसे पुनः एक अद्भुत आनंद की अनुभूति हुई।

"तभी मैं सोचूँ तू परसों क्यों नहीं आयी। घर से यही सोच के निकलती हूं कि चंदिका की नाव में बैठकर ही उस पार जाऊँगी।", वृद्धा की बात सुनकर चक्रांक को मालूम हुआ, जिसके वो स्वप्न ले रहा है, उसका नाम चंदिका है। चक्रांक ने मन ही मन कहा, क्या मुझे रोशन करोगी? बहुत अंधकार में हूँ।

वृद्धा ने पुनः कहा, "विवाह पश्चात् जब यहाँ आयी थी तो मानद

छोटा-सा था... मानद से बात करके मन हल्का हो जाता था; प्रभु से एक ही प्रार्थना है, उसकी इच्छा पूर्ण हो और शीघ्र ही तेरा विवाह हो जाय। पिछली बार जब मिला तो कह रहा था, कोई भला लड़का मिल जाय तो शीघ्र ही तेरा विवाह कर दे; लड़का धनवान हो या न हो, किंतु भले मन का अवश्य हो।''

वृद्धा की बात सुनकर उस ओर ध्यान न देना चंदिका के लिए कोई नयी बात नहीं थी, किंतु जाने क्यों वृद्धा की ये बात आज उसके अंतर्मन तक पहुँची।

चक्रांक कभी झील को निहारता, तो कभी अवसर मिलने पर चंदिका को। चक्रांक को विचार आया, झील तो बहुत बड़ी और गहरी है, इसके तल में छिपे रहस्यों को जानना उसके लिए असंभव है... किंतु दूसरी झील, जो हल्के भूरे रंग की है, उसमें छिपे रहस्यों को तो वो जान ही सकता है, क्या जान पायेगा।

कुछ समय पश्चात् नाव झील किनारे पहुँची। चक्रांक ने उतरते समय चंदिका की ओर देखा। दोनों की दृष्टि पुनः टकरायी... केवल क्षण भर के लिए।

थोड़ा आगे जाकर एक वृक्ष की ओट में चक्रांक ने नाव की ओर देखा। नाव में दो यात्री बैठ चुके थे। विचार आया, चार और यात्री बैठते ही नाव चल पड़ेगी। क्या उसे पुनः नाव में बैठना चाहिए... नहीं, अभी नहीं। वो क्या सोचेगी? सोचेगी, कोई निठल्ला है। उसे लगना चाहिए कि अन्य लोगों की तरह वो भी बहुत व्यस्त है और उसका काम केवल उसे निहारना नहीं है। कुछ समय पश्चात् नाव झील से चल पड़ी, किंतु चक्रांक प्रसन्न था। चंदिका की पीठ उसकी ओर थी और अब वो उसे चैन से निहार सकता था। कुछ देर के लिए स्वतंत्र हुआ, मुक्त हुआ दुनियादारी से।

चक्रांक, चंदिका को तब तक निहारता रहा, जब तक उसके और नाव के बीच वृक्षों से घिरा हुआ झील का कोना नहीं आ गया और नाव उसकी दृष्टि से ओझल नहीं हो गयी।

चक्रांक को अद्भुत आनंद की अनुभूति हो रही थी। वो अपनी ही धुन में आगे की ओर चल पड़ा। झील से लगभग आधे कोस की दूरी पर चक्रांक

एक चट्टान की ओट में बैठ गया।

चक्रांक के हृदय में कई सुंदर और अद्भुत दृश्य बसे थे, जिनके स्मरण से उसे एक अद्भुत आनंद की अनुभूति हो रही थी। क्षण... जब पहली बार उसकी दृष्टि चंदिका के हल्के भूरे रंग के नेत्रों से टकरायी, जब चंदिका के मुख पर आई प्रसन्नता को पहली बार निहारा, पहली बार जब उसकी वाणी सुनी... सभी के सभी क्षणों में अद्भुत आनंद था। विचार आया, क्या वो चंदिका से कह पायेगा कि वो बहुत अंधकार में है और यदि उसे कोई रोशन कर सकता है तो केवल और केवल वो है। उसके नेत्र बिल्कुल झील की तरह हैं और वो इन नेत्रों को जीवन भर निहारना चाहता है।

चक्रांक अभी भी अपने ही विचारों में खोया हुआ था। विचार आया, इस बार जब नाव आयेगी तो उस पार जाने के लिये वो उसमें बैठ जायेगा और अवसर मिलने पर चंदिका को बता देगा कि वो उसके बिना अधूरा है; वो यूँ ही इधर-उधर भटक रहा है, ताकि स्वयं से बच सके। क्यों? क्योंकि उसने लोगों का रक्त बहाया है; उन लोगों का, जिन्होंने उसका कुछ नहीं बिगाड़ा था। किसलिए? जिगीषु ने उसे अपने षड्यंत्र में फँसाकर उकसाया। चक्रांक अपने ही विचारों में खोया हुआ था कि उसे एक रोती-तड़पती स्त्री का स्वर सुनाई दिया।

चक्रांक ने थोड़ा आगे चलकर देखा तो एक स्त्री बुरी तरह से तड़प रही थी। कुछ स्त्रियाँ उसे समझाने का प्रयास कर रही थीं, किंतु फिर भी वो बहुत तड़प रही थी। रोते-तड़पते हुए ज़ोर-ज़ोर से कह रही थी, मेरे पुत्र को नोचते समय तेरा कलेजा नहीं फटा नीच! एक बार भी नहीं सोचा, मृत्यु पश्चात् इसकी माता पर क्या बीतेगी; कितनी भी क्षमा माँगना, कितना भी गिड़गिड़ाना, कहीं जगह नहीं मिलेगी, तड़पेगा नीच, तू भी तड़पेगा, जैसे में तड़प रही हूँ, न जियेगा और न मरेगा।

अब तक चक्रांक को केवल रोते-तड़पते लोगों के स्वप्न आते थे, किंतु आज उसने साक्षात् किसी को तड़पते देखा। विचार आया, उसने तो जाने कितनों के घर उजाड़े हैं। सच्ची प्रार्थनाओं में शक्तियां होती हैं तो सच्चे शापों में भी बहुत शक्तियाँ होती हैं और उसके लिए अब शाप माँगने वालों की कोई कमी नहीं है। सच्चे शाप, जो अच्छे-अच्छों को उजाड़ देते हैं,

उसका तो अस्तित्व ही क्या है। अपनी दरिद्र हो चुकी आत्मा के साथ अब उसे प्रतिदिन तड़पना है, मरना है, जब तक स्वाभाविक मृत्यु नहीं मिलती; यही उसका दंड है।

चंदिका से मिलकर चक्रांक को अद्भुत आनंद की अनुभूति हुई थी। कुछ समय के लिए वो अंतर्मन की पीड़ा को भूल गया था... किंतु उस भीषण रक्तपात के पंजों ने आज उसे फिर से नोच लिया। आभास हुआ, उसे कोई अधिकार नहीं कि वो चंदिका के स्वप्न ले। उसे केवल और केवल स्वयं से घृणा होनी चाहिए। चक्रांक टूटे मन से आगे की ओर चल पड़ा।

# भाग तीन

चक्रांक को पुनः जीवन तो मिल गया, किंतु जीने का अधिकार नहीं मिला था। सूर्यास्त होने तक वो यूँ ही इधर-उधर भटकता रहा और झील से चार कोस आगे की ओर आ चुका था। उसे मालूम हुआ, इस पूर्णिमा को राज्य का स्थापना दिवस है और इसी कारण राज्य में शरणार्थियों के लिए शिविर लगे हैं, जहाँ उनके रहने, खाने–पीने की उचित व्यवस्था है। चक्रांक उन्हीं शिविरों की ओर चल पड़ा।

रात्रि हो चुकी थी। कुछ समय पश्चात् चक्रांक वहाँ पहुँच गया, जहाँ शरणार्थियों के लिए कई शिविर लगे थे। चक्रांक को जिस शिविर में शरण मिली, उस शिविर में पहले से ही दस व्यक्तियों ने शरण ले रखी थी। चक्रांक एक बिस्तर पर जाकर बैठ गया। उसकी स्थिति ठीक नहीं थी। उस भीषण रक्तपात के पंजे अभी भी उसकी आत्मा को नोच रहे थे। चक्रांक की दायीं ओर एक अधेड़ व्यक्ति बैठा था। उसने चक्रांक की ओर देखते हुए कहा, ''कहाँ से आये हो?''

चक्रांक ने कोई प्रतिक्रिया नहीं दी। अधेड़ व्यक्ति ने पुनः कहा, ''बहुत कष्ट में हो क्या?''

चक्रांक ने इस बार भी कोई प्रतिक्रिया नहीं दी। अधेड़ व्यक्ति ने पुनः कहा, "मेरी बात बुरी लगी हो तो क्षमा चाहता हूँ; शरणार्थियों के शिविर में अक्सर थके-हारे और दुःखी ही आते हैं, इसी कारण पूछ लिया।"

"आपने ठीक कहा, किंतु मैं चाहूँ तो भी अपने अंतर्मन की पीड़ा किसी को नहीं बता सकता।" चक्रांक ने धीमे स्वर में कहा।

"यूँ घुट-घुटकर जीना ठीक नहीं; हम एक-दूसरे का कष्ट नहीं समझेंगे तो कौन समझेगा।"

अधेड़ व्यक्ति ने एक अन्य अधेड़ व्यक्ति की ओर संकेत किया, जो औंधे मुँह किसी मूर्छित की तरह अपने बिस्तर पर पड़ा था और पुनः कहा, "जानते हो इस पर क्या बीती है? कुछ दिन पहले ही इसने अपने इकलौते पुत्र का अंतिम-संस्कार किया है, जो इसके जीने का एकमात्र कारण था। तुमने इसे तड़पते हुए नहीं देखा; ऐसे तड़पता है जैसे इसके अंदर कुछ नहीं बचा... इसका घर इसकी आत्मा को नोचता है, इसलिए किसी विक्षिप्त की भाँति ये इधर-उधर भटक रहा है। कभी-कभी घाव बहुत गहरे होते हैं और अच्छे-अच्छे टूट जाते हैं; ऐसे लगता है जैसे सब कुछ उजड़ गया, कुछ नहीं बचा सिवाय तड़प के... किंतु फिर भी हमें जीना होता है। हमने तो फिर भी उम्र खा रखी है, किंतु तुम्हारे सामने लम्बा जीवन है, इस तरह घुट-घुटकर जीना ठीक नहीं है; आशा रखो सब ठीक हो जायेगा।"

"मैं भी आपके लिए ऐसा ही सोचता हूँ।" चक्रांक ने धीमे स्वर में कहा।

अधेड़ व्यक्ति ये सोचकर बातचीत कर रहा था कि संभवतः उसकी बातों से चक्रांक के अंतर्मन को थोड़ी शांति मिलेगी, किंतु उसकी बातों ने चक्रांक की पीड़ा और बढ़ा दी। चक्रांक को पुनः आभास हुआ, जाने कितनों के घर उजड़े हैं, कितने यहाँ-वहाँ तड़प रहे हैं। चक्रांक और अधेड़ व्यक्ति की बातचीत कुछ देर और चली। दोनों ने रात्रि-विश्राम से पहले एक-दूसरे को शुभरात्रि कहा।

मार्गशीर्ष माह के शुक्ल-पक्ष की तृतीया के सूर्योदय से पहले ही

चक्रांक वहाँ से चल पड़ा। किधर? पता नहीं। उसे जिस ओर मार्ग दिखाई दे रहा था, वो उसी ओर चलता जा रहा था... कभी आगे की ओर चला तो कभी इधर-उधर भटका। सूर्योदय से सूर्यास्त हो गया, किंतु चक्रांक की स्थिति अभी भी वैसी ही थी। वही आत्मग्लानि और वही स्वयं से घृणा का आभास। जाये तो कहाँ जाय।

चक्रांक इधर-उधर भटककर शरणार्थियों के शिविरों से लगभग दस कोस आगे की ओर आ चुका था। रात्रि हो चुकी थी और वो अभी भी आगे की ओर चलता जा रहा था।

कुछ समय पश्चात् चक्रांक को दो शिविर दिखाई दिये। वो उस ओर चल पड़ा। दोनों शिविर के सामने की ओर दो घोड़े बँधे थे। एक शिविर यात्रियों के विश्राम के लिये था और दूसरा, मालिक और कर्मचारियों के लिए था। चक्रांक ने शिविर के मालिक से रात्रि-विश्राम के लिए पूछा। शिविर के मालिक ने रात्रि-विश्राम का शुल्क तीन टके बताया। चक्रांक ने शिविर के मालिक को तीन टके दिये और उस शिविर में प्रवेश किया, जो यात्रियों के विश्राम के लिये था।

शिविर में दो यात्री वशी और मृगेंद्र पहले से ही रात्रि-विश्राम के लिए रुके हुए थे। वशी की कद-काठी अच्छी-ख़ासी थी, जबकि मृगेंद्र की कद-काठी सामान्य थी। उनके बिस्तर के निकट दो तलवारें रखी हुई थीं। चक्रांक, अपने बिस्तर पर बैठा ही था कि मृगेंद्र ने उसकी ओर देखते हुए कहा, ‘‘कौन हो और यहाँ क्या कर रहे हो?’’

चक्रांक ने कोई प्रतिक्रिया नहीं दी। उसे चुपचाप देखकर मृगेंद्र ने क्रुद्ध होकर कहा, ‘‘तुमने सुना नहीं, मैंने क्या कहा!’’

चक्रांक ने इस बार भी कोई प्रतिक्रिया नहीं दी। वशी को चक्रांक की ये हरकत बिल्कुल पसंद नहीं आयी और उसे चक्रांक पर भयंकर क्रोध आया। वशी ने तलवार चक्रांक की गरदन पर चुभाते हुए कहा, ‘बता हरामज़ादे, तू कौन है और यहाँ क्या कर रहा है?’’

चक्रांक को जबसे पुनः जीवन मिला था, ये पहला अवसर था जब उसने वाणी की मर्यादा को टूटते हुए सुना। चक्रांक ने धीमे स्वर में

कहा,‘‘मुझे नहीं पता मैं यहाँ क्या कर रहा हूँ; भटक रहा हूँ; इधर-उधर।’’

‘‘ऐसा क्या हो गया तेरे साथ हरामज़ादे, जो किसी विक्षिप्त की भाँति इधर-उधर भटक रहा है।’’ वशी ने पुनः क्रुद्ध होकर कहा।

‘‘कभी-कभी घाव बहुत गहरे होते हैं और अच्छे-अच्छे टूट जाते हैं; ऐसे लगता है जैसे सब-कुछ उजड़ गया।’’ चक्रांक ने वही कहा जो कल रात्रि अधेड़ व्यक्ति ने उससे कहा था... किंतु कल की तरह आज ऐसी बातें समझने वाला यहाँ कोई नहीं था।

‘‘ज़रा हमें भी तो बता, क्या उजड़ गया तेरा हरामज़ादे; हम तो अच्छे-अच्छों का दिल बहला देते हैं।’’ वशी ने पुनः वाणी की मर्यादा तोड़ते हुए कहा।

‘‘वो कैसे?’’ चक्रांक को आश्चर्य हुआ।

‘‘शिवाला पर्वत से उतरते ही, बीस कोस आगे पियरी नगर में जो वेश्यालय है, वहाँ पर मेरा ही सिक्का चलता है; तू बस एक बार वशी का नाम ले लेना; वहाँ की बहुत सारी वेश्याओं को मैंने ही वेश्यालय तक पहुँचाया है’’,वशी की बात सुनकर चक्रांक को पीड़ा हुई। वशी ने अभी भी तलवार, चक्रांक की गर्दन पर लगा रखी थी।

‘‘कोई वेश्या क्यों बनना चाहेगी?’’ चक्रांक ने वशी से इस बार वो पूछ लिया, जिसकी वशी ने कल्पना भी नहीं की थी।

चक्रांक की बात सुनकर एक क्षण के लिए वशी के होश उड़ गये। उसने चक्रांक की गरदन पर तलवार चुभाते हुए क्रुद्ध होकर कहा,‘‘क्योंकि उन्हें वेश्या ही बनना होता है... इसके पश्चात् तू कुछ भी बोला तो बोलने योग्य नहीं रहेगा।’’

‘‘मृत्यु से भय नहीं लगता क्या हरामज़ादे?’’, इस बार मृगेंद्र ने चक्रांक की ओर देखते हुए क्रुद्ध होकर कहा। चक्रांक ने इस बार भी कोई प्रतिक्रिया नहीं दी।

चक्रांक को चुपचाप देखकर मृगेंद्र ने वशी से कहा,‘‘जाने दो सरदार, कोई विक्षिप्त लगता है; इधर-उधर भटककर कुछ दिनों में स्वयं ही मर

जाएगा।''

वशी को चक्रांक पर भयंकर क्रोध आ रहा था। वशी का क्रोध देखकर मृगेंद्र को चिंता हुई, कि कहीं कोई अनहोनी न हो जाय। इस बार मृगेंद्र ने चक्रांक की गरदन पर तलवार चुभाते हुए कहा, ''तेरी भलाई इसी में है कि चुपचाप एक कोने में सो जा और कल सूर्योदय पश्चात् यहाँ आस-पास भी दिखाई मत देना, अन्यथा हम तुझसे भी मुजरा करवाएँगे। समझा हरामज़ादे।''

''सूर्योदय पश्चात् नहीं, इसी क्षण; इसी क्षण ये हरामज़ादा यहाँ से जायेगा, अन्यथा मैं इसके टुकड़े-टुकड़े कर दूँगा।'' वशी ने पुनः क्रुद्ध होकर कहा।

चक्रांक, अंतर्मन से टूटा हुआ था और वो इस स्थिति में नहीं था कि वशी और मृगेंद्र का सामना कर सके। चक्रांक ने शिविर से बाहर जाना ही उचित समझा।

चक्रांक अपना कम्बल ओढ़े आगे की ओर चल पड़ा। कहाँ जा रहा था, पता नहीं।

चक्रांक थोड़ा ही चला था कि शिविर के मालिक ने उसे पुकारते हुए रुकने को कहा। चक्रांक वहीं रुक गया। शिविर के मालिक ने चक्रांक को तीन टके वापस देते हुए कहा, ''क्षमा करना श्रीमान्, बहुत लज्जित हूँ; शुल्क लेकर भी मैं आपको रात्रि-विश्राम नहीं करवा सका... ये जब भी यहाँ आते हैं, कोई न कोई बखेड़ा करके यात्रियों को परेशान ही करते हैं, इनके आगे मैं विवश हूं, कृपा करके मुझे क्षमा करना। लगभग एक कोस की दूरी पर ऊपर की ओर एक खंडहर है। आप उस खंडहर की ओर चले जाइए। निश्चित रहिए, रात्रि विश्राम के लिए वो खंडहर एक सुरक्षित स्थान है, वहाँ कई यात्री रात्रि-विश्राम के लिए रुके रहते हैं।

चक्रांक, शिविर के मालिक के कहे अनुसार खंडहर की ओर चल पड़ा। कुछ समय पश्चात् चक्रांक को ऊपर की ओर मशाल की रोशनी दिखाई दी। चक्रांक उस ओर चल पड़ा।

खंडहर में आठ यात्री रुके हुए थे। छह यात्री रात्रि विश्राम कर रहे थे, जबकि दो अधेड़ व्यक्ति फटा-पुराना कम्बल ओढ़े हुए, अलाव जलाकर एक कोने में बैठे बातें कर रहे थे। अन्य यात्रियों की तरह चक्रांक भी रात्रि-विश्राम के लिये एक कोने में लेट गया। दोनों अधेड़ व्यक्ति चक्रांक से थोड़ी दूर बैठे थे, किंतु फिर भी उनकी बातचीत चक्रांक को स्पष्ट सुनाई दे रही थी।

''कुछ दिन पहले तक पूरे नगर में मेरा सिक्का चलता था और अब देखो क्या हालत हो गई। क्या पता था, जो नगर मुझे सिर-आँखों पर बिठा सकता है, एक दिन मुझे नोच भी सकता है।''

''जो होना था हो गया मित्र, जीवन में उतार-चढ़ाव चलता रहता है; कभी-कभी बस्तियां उजाड़ देती हैं और खंडहर बसा देते हैं।''

दोनों अधेड़ व्यक्तियों की बातें सुनकर चक्रांक को वो दृश्य स्मरण हुआ, जब जिगीषु ने उसकी छाती में तलवार घुसेड़ दी। चक्रांक को अपनी मृत्यु दिख गयी थी, किंतु फिर भी वो जीवित है। चक्रांक ने मन ही मन वही दोहराया जो उसने अभी-अभी सुना था... कभी-कभी बस्तियाँ उजाड़ देती हैं और खंडहर बसा देते हैं।

मार्गशीर्ष माह के शुक्ल-पक्ष की चतुर्थी के सूर्योदय से पहले ही चक्रांक खंडहर से चल पड़ा। कहाँ जा रहा था, पता नहीं। चक्रांक की स्थिति ठीक नहीं थी... उस भीषण रक्तपात के पंजे अभी भी उसे नोच रहे थे।

कुछ समय पश्चात् चक्रांक, मार्ग के निकट एक पत्थर पर बैठ गया। चक्रांक अपने ही विचारों में खोया था कि थोड़ी ही देर में वहाँ एक इक्का-गाड़ी आयी, जो सोंधा नगर की ओर जा रही थी। इक्का-गाड़ी में तीन यात्री बैठे थे। इक्का-गाड़ी के मालिक ने इक्का-गाड़ी रोकते हुए चक्रांक से सोंधा नगर चलने के लिए पूछा और शुल्क एक टका बताया।

इस बार चक्रांक के पास वो टका तो था, जो इक्का-गाड़ी के मालिक को चाहिए था... किंतु चक्रांक की स्थिति ठीक नहीं थी और न ही उसे मालूम था कि उसे किस ओर जाना है। चक्रांक को चुपचाप देखकर इक्का-

गाड़ी के मालिक ने चक्रांक से पुनः सोंधा नगर जाने के लिये पूछा, किंतु चक्रांक ने इस बार भी कोई प्रतिक्रिया नहीं दी। इक्का-गाड़ी आगे की ओर चल पड़ी।

संध्या का समय था। चक्रांक इधर-उधर भटकता हुआ, खंडहर से लगभग दस कोस आगे की ओर आ चुका था और अभी भी टूटे मन से आगे की ओर चलता जा रहा था। कुछ समय पश्चात् चक्रांक को दायीं ओर एक वृद्धा दिखाई दी। वृद्धा ने मार्ग के निकट फलों की दुकान लगा रखी थी। वृद्धा ने चक्रांक को फल ख़रीदने के लिए पुकारा, किंतु वो आगे की ओर चलता रहा। वृद्धा ने चक्रांक को पुनः पुकारा तो वो वृद्धा की ओर चल पड़ा।

चक्रांक ने वृद्धा से कुछ फल ख़रीदे। चक्रांक चलने लगा तो वृद्धा ने उसे रोकते हुए कहा,''मेरे पास कुछ और सामान भी है; बाज़ार में बेचने जाऊँगी तो उचित मूल्य नहीं मिलेगा... बाज़ार में कुछ ख़रीदो तो सभी मुँह फाड़ते हैं, किंतु कुछ बेचना हो तो आधी क़ीमत भी नहीं देते। वृद्धा ने चक्रांक के सामने एक तलवार और एक स्वर्ण जड़ित आभूषण रख दिया। आभूषण पुश्तैनी लग रहा था और उसकी क़ीमत कम से कम चक्रांक के पास जो धन था, उससे तो बहुत अधिक थी।

वृद्धा ने कहा, ''मेरा पुत्र इसी राज्य की सेना में सैनिक था, किंतु दो वर्ष पहले उसकी मृत्यु हो गयी।''

वृद्धा ने अपने निकट खड़े सात वर्षीय बालक की ओर संकेत करते हुआ पुनः कहा, ''मेरी पुत्रवधू और इस पौत्र के सिवा अब मेरा कोई नहीं है; पुत्रवधू को गंभीर रोग है, पिछले एक वर्ष से उसका उपचार चल रहा है, किंतु कोई लाभ नहीं हुआ। अंतिम आशा बची है; किसी ने बताया है कि चंबई राज्य में उपचार संभव है, किंतु वो राज्य यहाँ से बहुत दूर है और उपचार के लिए बहुत धन की आवश्यकता है। हमने हमारी पुश्तैनी ज़मीन भी बेच दी... ख़रीददार ने इस माह की पूर्णिमा को पूरी रक़म देने का क़रार किया है, तब तक हम अपना छोटा-मोटा सामान भी बेच रहे हैं। पराया राज्य है और उपचार के ख़र्च की कोई सीमा तो होती नहीं; क्या पता एक-एक टका काम आए। यदि पुत्रवधू स्वस्थ हो जाय तो मरते समय थोड़ी

शांति रहेगी कि मेरे पौत्र की देखभाल करने के लिये उसकी मां है, अन्यथा चिंता में ही चिता जलेगी; तलवार, आभूषण, जो भी पसंद हो, मोल-भाव कर लेंगे।''

''क्षमा चाहता हूं, किंतु तलवार मेरे काम की नहीं है और आभूषण ख़रीदने जितना मेरे पास धन नहीं है।'' चक्रांक ने विनम्रता से कहा।

''तलवार ले लीजिए श्रीमान्; दो माह पश्चात् सेना में भर्ती है, तलवार चलाना सीखकर आप भी सैनिक बन सकते हैं; धन भी मिलेगा और मान-सम्मान भी।''

सात वर्ष के बालक की बात सुनकर चक्रांक प्रभावित हुआ, किंतु उसने तलवार नहीं ली और आगे की ओर चल पड़ा। थोड़ा आगे चलकर चक्रांक को विचार आया कि उसे वृद्धा की सहायता करनी चाहिए... किंतु अगले ही क्षण पुनःविचार आया, इस संसार में हर समय अनगिनत कहानियाँ गतिशील हैं और हर कहानी के अपने सुख-दुःख हैं, उसे केवल स्वयं पर ध्यान देना चाहिए... वो पहले ही अनर्थ कर चुका है और कई शाप पहले से ही उसके पीछे पड़े हैं। चक्रांक ने प्रभु शिव को स्मरण करते हुए वृद्धा की पुत्रवधू के स्वस्थ होने की प्रार्थना की और आगे की ओर चल पड़ा।

चक्रांक ने लगभग तीन कोस की और यात्रा की और वो सोंधा नगर में पहुँच गया। शीघ्र ही रात्रि-विश्राम के लिए चक्रांक को शिविर मिल गया। रात्रि-विश्राम का शुल्क तीन टके थां। चक्रांक ने मालिक को तीन टके दिये और रात्रि-विश्राम के लिए एक शिविर में चला गया।

प्रतिदिन की तरह मार्गशीर्ष माह के शुक्ल-पक्ष की पंचमी के सूर्योदय से पहले ही चक्रांक की आँख खुल गई। चक्रांक, शिविर से बाहर आया और वहां की प्रकृति को निहारने लगा। कुछ समय पश्चात् चक्रांक ने स्नान करके प्रतिदिन की तरह प्रभु शिव की उपासना की और अपने अपराधों के लिए क्षमा माँगी... किंतु अंतर्मन में अभी भी पीड़ा थी।

चक्रांक चार वर्ष का था, जब उसके माता-पिता का स्वर्गवास हुआ। बालपन में भी उसे किसी का प्रेम नहीं मिला था, सिवाय प्रभु शिव के प्रेम को छोड़कर। चक्रांक ने प्रभु शिव को ही अपना सब-कुछ मान लिया था;

प्रभु शिव की उपासना में ही चक्रांक अपने माता-पिता को भी स्मरण कर लेता था। चार वर्ष का बालक, जिसके आगे पीछे कोई नहीं था, परिस्थितियों से लड़कर सैनिक बना... किंतु अब महादेव भी उसकी नहीं सुन रहे, जाये तो कहाँ जाये।

चक्रांक आगे की ओर चल पड़ा। दिन का दूसरा पहर प्रारम्भ हो चुका था। चक्रांक को नहीं पता था वो कहाँ जा रहा है, उसे जिस ओर मार्ग दिखाई दे रहा था, वो उसी ओर चलता जा रहा था।

कुछ समय पश्चात् रतनारा नगर आया। बाज़ार से निकलते ही मार्ग के निकट चक्रांक को एक शिविर दिखाई दिया, जिस पर लिखा था, 'मनोरोग उपचार और उसके नीचे लिखा था, जीवन सुंदर है, अति सुंदर। चक्रांक आगे की ओर चल पड़ा।

कुछ समय पश्चात् एक चट्टान की ओट में चक्रांक आँख मूँदकर लेट गया। वृद्ध की गुफा से चक्रांक नीचे की ओर इस उद्देश्य से आया था कि संभवतः उसका मन किसी कार्य में लग जाएगा और उसे अंतर्मन की पीड़ा से कुछ छुटकारा मिल जाएगा। मार्गशीर्ष माह के कृष्ण-पक्ष की चतुर्दशी को जब चक्रांक को पहली बार चंदिका के दर्शन हुए तो उसे अंतर्मन की पीड़ा से छुटकारा मिला था; किंतु दो दिन पश्चात् जब एक रोती-तड़पती स्त्री को देखा तो उस भीषण रक्तपात के पंजों ने चक्रांक की आत्मा को पुनः नोच लिया।

चक्रांक अपने ही विचारों में खोया था। शिविर पर लिखे अक्षर उसे बार-बार स्मरण हो रहे थे। विचार आया, कोई तो होगा जो उसकी पीड़ा समझ सके। क्या मनोचिकित्सक के पास जाना चाहिए? हाँ, क्यों नहीं... मनोचिकित्सक अपने रोगी का मित्र होता है, मनोचिकित्सक के पास उसे एक बार अवश्य जाना चाहिए।

चक्रांक उस शिविर की ओर चल पड़ा, जिस पर लिखा था, जीवन सुंदर है, अति सुंदर।

चक्रांक ने शिविर में प्रवेश किया। चालीस वर्षीय मनोचिकित्सक के मुख पर अद्भुत चमक थी और वो पूर्ण रूप से स्वस्थ लग रहा था।

मनोचिकित्सक ने चक्रांक को अपने सामने की ओर बैठने का संकेत किया। चक्रांक के बैठते ही मनोचिकित्सक ने उसकी ओर देखते हुए विनम्रता से कहा, ''कहो, क्या समस्या है?''

''कुछ है, जिसे मैं भूल नहीं पा रहा।'', चक्रांक ने धीमे स्वर में कहा।

'प्रेमरोग?'

'नहीं'

''कोई पारिवारिक कष्ट?''

'नहीं'

''कोई अपराध?''

इस बार चक्रांक ने कुछ नहीं कहा।

चक्रांक को चुपचाप देखकर मनोचिकित्सक ने पुनः कहा, ''निःसंदेह एक स्वस्थ मानव के जीवन का उद्देश्य अपराध या किसी को कष्ट पहुँचाना नहीं होता और न ही सृष्टि अपराधी या दोषी की पक्षधर है... किंतु एक सत्य ये भी है कि कभी-कभी जाने-अनजाने हमसे अपराध हो जाते हैं; यदि तुम्हें सच में आत्मग्लानि है तो निश्चिंत रहो, शीघ्र ही अपने स्वाभाविक रूप में लौट आओगे। कभी-कभी समय ही सबसे बड़ा उपचार होता है। अपना अधिक से अधिक समय उनके साथ बिताओ, जिनसे मिलकर तुम्हें प्रसन्नता हो, सकारात्मक ऊर्जा मिले।''

मनोचिकित्सक की बात सुनकर चक्रांक के अंतर्मन को थोड़ी शांति मिली। मनोचिकित्सक ने चक्रांक से कुछ देर और बातचीत की। मनोचिकित्सक का नाम रहीम था। नाम जानकर चक्रांक को आश्चर्य हुआ। चक्रांक को आश्चर्यचकित देखकर मनोचिकित्सक ने उसे बताया कि उसके एक मित्र का नाम पुंडरीक है और वो बहुत अच्छी उर्दू बोलता है, विविधता ही सृष्टि का सबसे बड़ा आकर्षण है।

मनोचिकित्सक की बात सुनकर चक्रांक हैरान हो गया। चक्रांक ने अपनी पहचान गुप्त रखने के लिये व्यापारी को अपना नाम पुंडरीक बताया

था और संयोग से मनोचिकित्सक के मित्र का भी नाम पुंडरीक था। चक्रांक को आभास हुआ जैसे ये दुनिया बहुत छोटी है और कभी न कभी हमारा सामना अपने सच या झूठ से हो ही जाता है।

मनोचिकित्सक ने चक्रांक से कुछ देर और बातचीत की। मनोचिकित्सक का परामर्श शुल्क एक टका था। एक टका देकर चक्रांक शिविर से बाहर आया।

मनोचिकित्सक ने कुछ विशेष नहीं कहा था... वही पुरानी बातें, किंतु फिर भी मनोचिकित्सक से बात करके चक्रांक के अंतर्मन को थोड़ी शांति मिली। चक्रांक मनोचिकित्सक से प्रभावित हुआ। मनोचिकित्सक ने एक बार भी चक्रांक से उसके अपराधों के बारे में नहीं पूछा। संभवतः मनोचिकित्सक पूर्ण रूप से स्वस्थ था।

चक्रांक उस चट्टान की ओर चल पड़ा, जिसकी ओट में वो आँखें मूँदकर लेट गया था और उसे मनोचिकित्सक के पास जाने का विचार आया था। कुछ समय पश्चात् चक्रांक वहाँ पहुँच गया और पुनः आँख मूंदकर लेट गया। अंतर्मन में अभी भी पीड़ा थी, किंतु मनोचिकित्सक से बात करके चक्रांक के अंतर्मन को थोड़ी शांति मिली। चक्रांक को विश्वास होने लगा कि वो एक नयी शुरूआत कर सकता है... उसे अपना अधिक से अधिक समय उनके साथ बिताना चाहिए, जिनसे मिलकर उसे प्रसन्नता हो, सकारात्मक ऊर्जा मिले।

कुछ समय पश्चात् चक्रांक आगे की ओर चल पड़ा। दिन का तीसरा पहर प्रारम्भ हो चुका था और चक्रांक आगे की ओर चलता जा रहा था। कुछ ही देर मे अम्बर पर घटाएँ छा गयीं। अम्बर पर छाई घटाओं को देखकर चक्रांक को अद्भुत आनंद की अनुभूति हुई। थोड़ा और आगे चला तो उसे एक झरना दिखाई दिया, जो पर्वत को चीरकर छलाँग लगाते हुए बहुत ही चित्ताकर्षक लग रहा था। चक्रांक, झरने की ओर चल पड़ा।

कुछ ही देर में चक्रांक झरने के निकट पहुँच गया और झरने से थोड़ी दूर एक पत्थर पर बैठ गया। अम्बर पर छाई घटाओं के बीच झरने का जल जब पत्थरों और चट्टानों से टकराता, तो उस कर्णप्रिय संगीत को सुनकर

चक्रांक को अद्भुत आनंद की अनुभूति हो रही थी।चक्रांक ने कभी झरने को निहारा तो कभी घटाओं को। आभास हुआ, जैसे इन प्राकृतिक दृश्यों में बहुत सारी सकारात्मक ऊर्जा छिपी है।

चक्रांक, संध्या तक झरने के पास बैठा रहा, फिर आगे की ओर चल पड़ा।

सूर्यास्त हो चुका था। ठण्ढ बढ़ती जा रही थी। चक्रांक कम्बल ओढ़े हुए आगे की ओर चलता जा रहा था। कुछ समय पश्चात् उसे सामने की ओर से दो अधेड़ व्यक्ति आते हुए दिखाई दिये। चक्रांक ने उनसे रात्रि-विश्राम के बारे में पूछा तो उन्होंने बताया कि लगभग एक कोस की दूरी पर चकिया नगर है, जहाँ उसे रात्रि-विश्राम के लिए शिविर मिल जायेंगे। चक्रांक ने दोनों अधेड़ व्यक्तियों को धन्यवाद दिया और चकिया नगर की ओर चल पड़ा।

रात्रि हो चुकी थी और ठण्ढ बढ़ती जा रही थी। चक्रांक को शीघ्र ही चकिया नगर से पहले रात्रि-विश्राम के लिए शिविर मिल गये। रात्रि-विश्राम का शुल्क तीन टके था। चक्रांक ने मालिक को तीन टके दिये और रात्रि - विश्राम के लिए एक शिविर में चला गया।

प्रतिदिन की तरह सूर्योदय होने से पहले ही चक्रांक की आँख खुल गयी। रात्रि में उसे पुनः वही स्वप्न आया, जिसमें एक रोती-तड़पती स्त्री उसे तड़पने का शाप देती थी। मनोचिकित्सक ने चक्रांक को जो विश्वास दिलाया था, वो एक ही क्षण में टूट गया। चक्रांक के अंतर्मन में पुनः पीड़ा थी। उस भीषण रक्तपात के पंजे पुनःउसकी आत्मा को नोचने लगे।

चक्रांक शिविर से बाहर आ गया। अंतर्मन में पीड़ा थी, किंतु सामने का दृश्य देखकर चक्रांक कुछ देर के लिये उस पीड़ा को भूल गया।सूर्योदय से पूर्व अम्बर पर श्वेत रंग का चंद्रमा जगमगा रहा था। एक बड़ा झरना, पर्वत को चीरकर छलाँग लगा रहा था और झरने के ठीक नीचे की ओर वादी से गुज़रती नदी थी। श्वेत वर्ण के चंद्रमा के साथ झरने और नदी को देखकर चक्रांक को अद्भुत आनंद की अनुभूति हुई। वो कुछ देर तक वहीं खड़ा रहा और सामने के दृश्य को देखता रहा। चक्रांक को पुनः आभास हुआ, जैसे

इन प्राकृतिक दृश्यों में बहुत सारी ऊर्जा छिपी है।

कुछ समय पश्चात् चक्रांक आगे की ओर चल पड़ा। अंतर्मन में पुनः पीड़ा थी। चक्रांक थोड़ा ही चला था कि उसे फिर से मनोचिकित्सक के पास जाने का विचार आया... संभव है, कल की तरह आज भी मनोचिकित्सक से बात करके उसके अंतर्मन को थोड़ी शांति मिले। चक्रांक, मनोचिकित्सक के शिविर की ओर चल पड़ा।

दिन का दूसरा पहर था, जब चक्रांक, मनोचिकित्सक के शिविर में पहुंचा।मनोचिकित्सक के मुख पर आज भी चमक थी और वो पूर्ण रूप से स्वस्थ लग रहा था। कुछ देर बात करने के बाद मनोचिकित्सक ने पूछा, ''कोई युवती, जो तुम्हें पसंद हो!''

मनोचिकित्सक ने जो कहा, चक्रांक ने उसकी कल्पना भी नहीं की थी। चक्रांक ने कोई प्रतिक्रिया नहीं दी। मनोचिकित्सक ने पुनः पूछा तो चक्रांक ने कहा, ''है कोई, जिससे मिलकर लगा कि मैं उसके बिना अधूरा हूँ।''

''क्या वो भी तुमसे प्रेम करती है?''

''लगता तो है, किंतु पूर्ण विश्वास से नहीं कह सकता।''

''यहाँ से जाते ही उसे बताना कि तुम उससे प्रेम करते हो और यदि वो तुम्हें स्वीकार कर ले तो विवाह करके एक नई शुरूआत करना; कुछ घावों का उपचार केवल प्रेम है।''

मनोचिकित्सक को एक टके का परामर्श शुल्क देकर चक्रांक शिविर से बाहर आया। मनोचिकित्सक ने कुछ विशेष नहीं कहा था, किंतु फिर भी मनोचिकित्सक से बात करके चक्रांक के अंतर्मन को थोड़ी शांति मिली।

चार दिन और बीत गये। इन दिनों चक्रांक प्रतिदिन मनोचिकित्सक के पास जाता। मनोचिकित्सक से बात करके उसके अंतर्मन को थोड़ी शांति मिलती। उसके पश्चात् वो प्राकृतिक दृश्यों को निहारने इधर-उधर चला जाता।

चक्रांक कभी उन झरनों को निहारता, जो पर्वत के दुर्गम हिस्से को

चीरकर छलाँग लगाते हुए उसे बहुत ही चित्ताकर्षक लगते, तो कभी नदी से थोड़ी दूर बैठकर नदी का कर्णप्रिय संगीत सुनता। नदी उतनी बड़ी तो नहीं थी, जितनी पर्वतीय वन-क्षेत्र वाली नदी थी, किंतु फिर भी उसका जल जब उसमें पड़े पत्थरों और चट्टानों से टकराता, तो उस कर्णप्रिय संगीत को सुनकर चक्रांक को अद्भुत आनंद की अनुभूति होती।

चक्रांक को आभास होता, जैसे ये प्राकृतिक दृश्य उस पर काला जादू फूँक रहे हैं; ठीक वैसा, जैसा जादू चंदिका ने उस पर फूँका था। इन प्राकृतिक दृश्यों के बीच जब अम्बर पर काली घटाएँ छा जातीं तो चक्रांक को आभास होता जैसे प्रकृति ने उसे पूरी तरह से अपने शिकंजे में फाँस लिया है। आभास होता, जैसे स्वतंत्र हुआ, मुक्त हुआ दुनियादारी से।

इन चार दिनों में चक्रांक की स्थिति में थोड़ा सुधार हुआ। उस भीषण रक्तपात के पंजे अभी भी उसे नोच रहे थे, किंतु उसे विश्वास होने लगा कि वो एक नयी शुरूआत कर सकता है।

मार्गशीर्ष माह के शुक्ल-पक्ष की एकादशी का दूसरा पहर प्रारम्भ ही हुआ था, जब चक्रांक मनोचिकित्सक से विदाई लेने उसके शिविर में पहुँचा। मनोचिकित्सक ने चक्रांक से कुछ देर बातचीत की और जाते समय कहा, ''सृष्टि ने जीवन दिया है तो इसका सम्मान करो; जो हुआ वो केवल एक घटना थी, अंतिम सत्य नहीं।''

चक्रांक, हृदय में चंदिका के स्वप्न लिये वापस पुंगव नगर की ओर चल पड़ा... उसी झील की ओर, जहाँ उसे चंदिका के दर्शन हुए थे। चक्रांक की आत्मा को नोचने के लिए उस भीषण रक्तपात के पंजे और रोते-तड़पते लोगों के शाप थे; तो उसे प्रेरित करने के लिए प्रकृति, वृद्ध, चंदिका और मनोचिकित्सक थे। मनोचिकित्सक, जिसके मुख पर अद्भुत चमक थी, जो पूर्ण रूप से स्वस्थ था... जिसने विदाई लेते समय चक्रांक से कहा था, जो हुआ वो केवल एक घटना थी, अंतिम सत्य नहीं।

# भाग चार

चक्रांक को आते समय नहीं पता था वो किधर जा रहा है, किंतु अब चक्रांक को मालूम था उसे किस ओर जाना है। इधर-उधर न भटककर चक्रांक शीघ्रता से पुंगव नगर की ओर चलता जा रहा था, जहाँ उसे चंदिका के दर्शन हुए थे। संध्या होने से पहले ही वो सोंधा नगर से आगे आ चुका था, जहाँ पिछली बार उसने रात्रि विश्राम किया था।

थोड़ी देर विश्राम करने के लिये चक्रांक मार्ग के निकट एक पत्थर पर बैठ गया। चक्रांक अपने ही विचारों में खोया था कि थोड़ी ही देर में वहाँ एक इक्का-गाड़ी आयी जो पुच्छ नगर की ओर जा रही थी। इक्का-गाड़ी में तीन यात्री बैठे थे। इक्का-गाड़ी के मालिक ने इक्का-गाड़ी रोकते हुए चक्रांक से पुच्छ नगर जाने के लिए पूछा और शुल्क एक टका बताया।

इस बार चक्रांक के पास वो टका भी था जो इक्का-गाड़ी के मालिक को चाहिए था और शीघ्र से शीघ्र पुंगव नगर पहुँचने की उत्सुकता भी। चक्रांक ने इक्का-गाड़ी में बैठने का मन बनाया तो जाने क्यों विचार आया कि जैसे आया था वैसे ही जाना चाहिए। चक्रांक फिर दुविधा में फँस गया। इक्का-गाड़ी में बैठने का मन था भी और नहीं भी।

चक्रांक को दुविधा में देखकर इक्का-गाड़ी आगे की ओर चल पड़ी। कुछ देर विश्राम करने के पश्चात् चक्रांक भी आगे की ओर चल पड़ा।

कुछ समय पश्चात् चक्रांक को मार्ग में वही वृद्धा मिली, जिसके पुत्र की मृत्यु हो चुकी थी और अपनी पुत्रवधू के उपचार के लिये जिसे बड़े धन की आवश्यकता थी। वृद्धा ने इस बार चक्रांक को फल ख़रीदने के लिये नहीं पुकारा। चक्रांक भी आगे की ओर चल पड़ा।

थोड़ा आगे चलने के पश्चात् एक घुमावदार मोड़ आया। कुछ देर विश्राम करने के लिये चक्रांक एक पत्थर पर बैठ गया। विचार आया, उसे वृद्धा की सहायता करनी चाहिए। वो एक सैनिक है और उसके पास कम से कम एक तलवार तो होनी चाहिए। नहीं, उसे इस बारे में सोचना भी नहीं चाहिए; वो पहले ही अनर्थ कर चुका है। तो क्या उसे वृद्धा की सहायता नहीं करनी चाहिए? नहीं, उसे वृद्धा से तलवार ख़रीद लेनी चाहिए। उसके पश्चात? उसके पश्चात् यदि उसे लगा कि उसके पास तलवार नहीं होनी चाहिए तो वो तलवार इधर-उधर फेंक देगा। नहीं, तलवार नहीं फेंक सकता। वृद्धा के पुत्र की तलवार का सम्मान करना होगा। वो वृद्धा की सहायता करना चाहता है और इसके बदले सृष्टि उसे तलवार दे रही है तो वो क्या कर सकता है, उसे अधिक नहीं सोचना चाहिए, जो होगा देखा जाएगा। चक्रांक, वृद्धा की ओर चल पड़ा।

चक्रांक ने वृद्धा से कुछ फल ख़रीदे और उसके पश्चात् वृद्धा से तलवार ख़रीदने की इच्छा जताई। वृद्धा के मुख पर आज थोड़ी प्रसन्नता थी। उसने म्यान समेत तलवार निकालकर चक्रांक के सामने रख दी और उसका मोल तीस टके बताया। चक्रांक ने बिना कोई मोल-भाव किये वृद्धा को तीस टके दे दिए।

वृद्धा ने चक्रांक की ओर प्रसन्न मुद्रा में देखते हुए कहा, ''आज का दिन बहुत शुभ है; पिछले कई दिनों से न तो आभूषण बिक रहा था, न ही तलवार और आज देखो, कुछ समय पहले आभूषण बिक गया और अब तुमने तलवार ख़रीद ली, सब समय का फेर है। कुछ देर पहले एक बड़ा व्यापारी यहाँ से गुज़रा था; उसकी स्त्री का आभूषण पर मन आ गया और संयोग से आज उनके विवाह की पाँचवीं वर्षगाँठ थी। व्यापारी ने बिना कोई

मोल-भाव किये आभूषण की वो क़ीमत दे दी, जिसकी मैंने कल्पना भी नहीं की थी।''

''आपने सत्य कहा, सब समय का फेर है; अपनी पर आए तो राजा को रंक और रंक को राजा बना दे। आप निश्चिंत रहिए, मुझे पूर्ण विश्वास है, आपकी पुत्रवधू शीघ्र ही स्वस्थ हो जाएगी।''

''यदि ऐसा हो जाए तो जाते समय थोड़ी शांति रहेगी कि मेरी मृत्यु पश्चात् मेरे पौत्र की देखभाल करने के लिये उसकी माँ है। अंतिम आशा बची है और इसी अंतिम आशा के साथ पूर्णिमा को ख़रीददार से रक़म मिलते ही हम चंबई राज्य के लिए निकल जायेंगे... प्रभु तुम्हें सदा प्रसन्न रखे। तलवार बिकने से तीस टके और मिल गये... पराया राज्य है और उपचार के ख़र्च की कोई सीमा तो होती नहीं, क्या पता एक-एक टका काम आए।''

चक्रांक ने वृद्धा से विदाई ली और आगे की ओर चल पड़ा।

रात्रि हो चुकी थी, किंतु चक्रांक को अभी तक रात्रि-विश्राम के लिए कोई शिविर नहीं मिला था। कुछ समय पश्चात् चक्रांक को दो युवक मिले, जिनसे पूछने पर मालूम हुआ कि थोड़ा आगे चलकर दायीं ओर एक अन्य मार्ग आयेगा जो पुच्छ नगर की ओर जायेगा और संभवतः उसे वहाँ रात्रि विश्राम के लिए कोई न कोई शिविर मिल जायेगा। चक्रांक ने युवकों को धन्यवाद दिया और आगे की ओर चल पड़ा।

थोड़ा आगे चलते ही चक्रांक को दायीं ओर वो मार्ग मिल गया जो पुच्छ नगर की ओर जा रहा था। चक्रांक, पुच्छ नगर की ओर चल पड़ा।

ठण्ढ बढ़ती जा रही थी। चक्रांक शीघ्रता से पुच्छ नगर की ओर चलता जा रहा था। कुछ समय पश्चात् चक्रांक को पुच्छ नगर से पहले ही, मार्ग के निकट रात्रि-विश्राम के लिए शिविर दिखाई दिये।

वहाँ तीन शिविर थे; दो शिविर यात्रियों के ठहरने के लिये थे और एक शिविर, मालिक और कर्मचारियों के लिए था।रात्रि विश्राम का शुल्क तीन टके था। चक्रांक ने शिविर के मालिक को तीन टके दिये और रात्रि विश्राम

के लिये एक शिविर में चला गया।

सूर्योदय से पहले ही चक्रांक पुनः पुंगव नगर की ओर चल पड़ा। दिन का दूसरा पहर था जब चक्रांक थोड़ी देर विश्राम करने के लिये रुका।सूर्य की नर्म किरणों के बीच चक्रांक एक चट्टान की ओट में लेट गया। पास में ही बहुत से वृक्ष थे।

चक्रांक के हृदय में कई सुंदर और अद्भुत दृश्य बसे हुए थे, जिनके स्मरण से उसे एक अद्भुत आनंद की अनुभूति होती थी। क्षण, जब पहली बार उसकी दृष्टि चंदिका के हल्के भूरे रंग के नेत्रों से टकराई; जब चंदिका के मुख पर आयी प्रसन्नता को पहली बार निहारा... पहली बार जब उसकी वाणी सुनी। सभी के सभी क्षणों में अद्भुत आनंद था। विचार आया, क्या चंदिका भी उससे प्रेम करती है? हां, बिल्कुल करती है। उसने उन नेत्रों में स्वयं के लिए प्रेम देखा है और नेत्र कभी झूठ नहीं बोलते। कहीं वो अतिविश्वासी तो नहीं हो रहा; संभव है ये उसका भ्रम हो। यदि अस्वीकार कर दिया तो! कर दिया तो कर दिया; वो उसके निर्णय का सम्मान करेगा और इसी कल्पना के साथ चक्रांक उदास हो गया। आभास हुआ जैसे सब-कुछ उजड़ गया... किंतु अगले ही क्षण हवा के तीव्र झोंके से वृक्षों की डालियाँ और पत्ते मस्ती में झूमने लगे। चक्रांक को विचार आया, वो संकेतों को नहीं मानता और न ही अंधविश्वासी है, किंतु प्रकृति का ये संकेत तो बिल्कुल शुभ लग रहा है। चक्रांक के हृदय में पुनः उत्साह और प्रसन्नता थी। समय का फेर... राजा से रंक और रंक से राजा।

दिन का तीसरा पहर था। चक्रांक, हृदय में चंदिका के स्वप्न लिये शीघ्रता से आगे की ओर चलता जा रहा था। कुछ समय पश्चात् उसे सामने के घुमावदार मोड़ से वशी और मृगेंद्र आते हुए दिखाई दिये। वही वशी और मृगेंद्र, जिन्होंने चक्रांक को हरामज़ादा कहा था और जिनसे मिलकर चक्रांक को बिलकुल भी प्रसन्नता नहीं हुई थी।

चक्रांक को चिंता हुई, कहीं ये फिर से उलझ गये तो! अब उसके पास तलवार है और यदि इन्होंने इस बार मर्यादा तोड़ी तो कहीं वो कोई अनर्थ न कर बैठे। विचार आया, चाहे कुछ भी हो जाये, उसे अपने क्रोध पर नियंत्रण रखना है और कुछ भी अनर्थ नहीं करना है।

चक्रांक ने वशी और मृगेंद्र की ओर ध्यान से देखा तो मालूम हुआ, वो अकेले नहीं हैं, उनके साथ लगभग दो वर्षीय एक पुष्प जैसी कन्या भी है। विचार आया, क्या ये इसे वेश्यालय में......नहीं, ये तो घोर अनर्थ है, बहुत ही नीच और घृणित कार्य... वो ऐसा नहीं होने देगा। तो क्या इनसे उलझेगा... नहीं, प्रार्थना करेगा। प्रार्थना करेगा कि कन्या को छोड़ दो, ये तो बहुत ही नीच और घृणित कार्य है... जीवन अच्छे कर्मों के लिए मिलता है, ऐसा अनर्थ मत करो। नहीं समझे तो! तो पुनः प्रार्थना करेगा... फिर भी नहीं समझे तो! तो इन्हें उसी भाषा में समझाएगा जो इन्हें समझ में आती है। नहीं, चाहे कुछ भी हो जाए, उसे अपने क्रोध पर नियंत्रण रखना है। पहले ही वो बहुत बड़ा अनर्थ कर चुका है। एक और अनर्थ हो गया तो कहीं जगह नहीं मिलेगी। चक्रांक इसी दुविधा में आगे की ओर बढ़ता जा रहा था।

वशी, जिस घोड़े पर बैठा था वो आगे की ओर था। पीछे वाले घोड़े पर मृगेंद्र बैठा था और मृगेंद्र के आगे बैठी थी, एक पुष्प जैसी कन्या।

चक्रांक और वशी की दृष्टि टकरायी। वशी ने चक्रांक की ओर क्रोध भरी दृष्टि से देखा। चक्रांक ने अपनी दृष्टि फेर ली और उस कन्या की ओर देखा जिसे नहीं पता था कि नीचे के ये भेड़िए उसे नोचने वाले हैं।

चक्रांक, वशी और मृगेंद्र के थोड़ा और निकट आ गया। इससे पहले कि चक्रांक कुछ कहता, वशी ने क्रुद्ध होकर कहा, ''मैंने तुझसे कहा था न हरामज़ादे, तू मुझे आस-पास भी दिखाई मत देना और तेरा इतना दुःसाहस कि तू वशी के सामने फिर आ गया, वो भी तलवार लेकर।''

''भूल हो गयी, फिर कभी ऐसा नहीं होगा'', चक्रांक ने धीमे स्वर में कहा। चक्रांक के बोल सुनकर वशी का क्रोध थोड़ा कम हुआ। चक्रांक ने पुनः कहा, ''आपसे एक प्रार्थना है।''

''क्या प्रार्थना है हरामज़ादे, स्पष्ट बोल'', इस बार मृगेंद्र ने कहा।

''आप इस कन्या को छोड़ दे तो बहुत कृपा होगी।''

चक्रांक की बात सुनकर वशी को उस पर पुनः भयंकर क्रोध आया। वशी ने जो सुना उसकी उसने कल्पना भी नहीं की थी। वशी ने चक्रांक की

और देखते हुए कहा, ''क्या कहा! फिर कहना।''

''कृपा करके कन्या को छोड़ दीजिए, ये बहुत ही नीच और घृणित कार्य है, जीवन अच्छे कर्मों के लिये मिलता है।''

''मैं तो तुझे कोई हरामज़ादा समझ रहा था, किंतु तू तो साधु निकला... तूने सत्य कहा, ये बहुत ही नीच और घृणित कार्य है, किंतु एक समस्या है और वो समस्या ये है कि तेरे जैसों का स्वर जब थोड़ा ऊँचा होने लगता है तो मैं उन्हें पूरी तरह से शांत कर देता हूँ।'' इतना कहते ही वशी ने चक्रांक की छाती पर एक लात जड़ दी और चक्रांक थोड़ी दूर जाकर गिर गया। वशी ने जैसे ही म्यान में से तलवार निकाली, मृगेंद्र ने उसे रोकते हुए कहा,''जाने दो सरदार, कोई विक्षिप्त लगता है, इधर-उधर भटककर स्वयं ही मर जाएगा।''

मृगेंद्र घोड़े से नीचे उतरकर चक्रांक की ओर गया और अपनी तलवार चक्रांक की गर्दन पर चुभाते हुए उसे खड़े होने का संकेत किया। चक्रांक के खड़े होते ही मृगेंद्र ने कहा,''जीना चाहता है तो इसी क्षण सरदार से क्षमा माँग और यहाँ से दफ़ा हो जा।''

वही हुआ जिसका चक्रांक को भय था; किंतु किसी तरह उसने स्वयं को समझाया कि उसे कोई अनर्थ नहीं करना है, चाहे कुछ भी हो जाय। चक्रांक ने वशी की ओर देखते हुए धीमे स्वर में कहा, ''भूल हो गयी, क्षमा कर दो।''

''आँखें, आँखें झुकाकर क्षमा माँग हरामज़ादे।'' वशी ने पुनः क्रुद्ध होकर कहा।

चक्रांक के लिए इस तरह क्षमा माँगना बहुत कठिन था, किंतु किसी तरह उसने स्वयं को समझाया और आँखें झुकाते हुए कहा,''क्षमा कर दो, भूल हो गयी।'' इतना सुनते ही वशी ने पुनः चक्रांक की छाती पर एक लात जड़ दी।

वशी और मृगेंद्र आगे की ओर चल पड़े। चक्रांक एक कोने में पड़ा उन्हें जाते हुए देख रहा था। समय का फेर... योद्धा चक्रांक, जिसका नाम

सुनकर ही सेना की टुकड़ी जोश से भर जाती थी... पड़ा है एक कोने में किसी भीरु की तरह। चक्रांक दुविधा में था। उसे तरह-तरह के विचार आ रहे थे। उसकी आँखों के सामने नीचे के भेड़िये एक कन्या को नोच रहे हैं और वो कुछ नहीं कर पा रहा। क्या इसी दिन के लिए सैनिक बना था, क्या इसे ही योद्धा धर्म कहते हैं। उसे उन्हें रोकना चाहिए। नहीं, वो उन्हें नहीं रोक सकता, वो तो स्वयं एक अपराधी है, जाने कितनों के घर उजाड़े हैं उसने। उसके नेत्रों में चमक नहीं हो सकती, उसका स्वर दृढ़ नहीं हो सकता। तब भी जब एक छोटी-सी कन्या को उसके नेत्रों के सामने नीचे के भेड़िए नोच रहे हों। नहीं, चाहे कुछ भी हो जाए, उसे उन्हें रोकना चाहिए। नहीं, वो पहले ही बहुत बड़ा अनर्थ कर चुका है, फिर से कोई अनर्थ हो गया तो! होता है तो हो जाए, किंतु अपने नेत्रों के सामने वो इस कन्या को नहीं नोचने देगा, चाहे कुछ भी करना पड़े।

चक्रांक को आभास हुआ, जैसे प्रकृति, वृद्ध, चंदिका और मनोचिकित्सक सभी उसके साथ हैं। अंतर्मन से पुकार आयी, उखाड़ फेंको उस अतीत को, जो तुम्हें कुछ अच्छा करने से रोकता है। सृष्टि ने जीवन दिया है तो इसका सम्मान करो। चक्रांक ने मन ही मन प्रभु शिव को प्रणाम किया, अपनी तलवार उठायी और शीघ्रता से दौड़ते हुए एक पत्थर पर दायाँ पाँव रखकर उछाल मारी।

अगले दृश्य में चक्रांक, वशी और मृगेंद्र के सामने खड़ा था। उछाल मारते समय चक्रांक में अद्भुत ऊर्जा थी।

चक्रांक ने वशी की ओर तलवार करते हुए कहा, ''तुमने सुना नहीं मैंने क्या कहा।'', तलवार पर पकड़ थी, स्वर दृढ़ था और नेत्रों में चमक... ठीक वैसी, जैसी एक सच्चे योद्धा के नेत्रों में होनी चाहिए।

वशी और मृगेंद्र ने इस दृश्य की कल्पना भी नहीं की थी। मृगेंद्र ने चिल्लाते हुए कहा, ''मृत्यु से भय नहीं लगता क्या हरामज़ादे!''

''लगता है, किंतु आत्मा की मृत्यु से, उस मृत्यु से नहीं जिसकी तुम बात कर रहे हो'' चक्रांक ने विश्वासपूर्वक कहा।

''अंतिम चेतावनी है हरामज़ादे, चला जा, यहाँ तेरी मृत्यु पर कोई रोने

वाला भी नहीं है, मृत्यु पश्चात् भी सड़-सड़कर मरेगा।'' मृगेंद्र ने पुनः क्रुद्ध होकर कहा।

''मेरी ओर से भी अंतिम सुझाव है, इसे छोड़ दो; मैं किसी की मृत्यु का कारण नहीं बनना चाहता, किंतु ये मेरी सहनशक्ति का अंतिम प्रयास है, इसके पश्चात् मर्यादा तोड़ी तो मैं तुम्हें जड़ समेत उखाड़ दूँगा, चाहे तुम कोई भी हो।''

''बहुत बोल लिया हरामज़ादे, तेरे शव का एक-एक टुकड़ा ...'', वशी ने तलवार उठाकर इतना कहा ही था कि चक्रांक ने पास पड़े पत्थर पर पाँव रखकर उछाल मारी। एक ही क्षण में हवा में घूमते हुए चक्रांक ने अपनी तलवार वशी की तलवार पर दे मारी और बायें हाथ से उसकी गर्दन पर एक ज़ोरदार प्रहार किया।

मृगेंद्र ने एक ऐसा दृश्य देखा, जिसकी उसने कल्पना भी नहीं की थी। एक अद्भुत दृश्य, जिसमें एक ही क्षण में चक्रांक ने हवा में घूमते हुए, वशी की तलवार और गर्दन दोनों पर प्रहार किया।

अगले दृश्य में वशी नीचे गिरा हुआ था और उसकी तलवार उसके आस-पास भी नहीं थी। वशी चिल्लाकर खड़ा हुआ ही था कि चक्रांक ने उसकी छाती पर एक लात जड़ दी। प्रहार इतना तीव्र और ज़ोरदार था कि वशी हवा में उछलता हुआ गया और उसके सिर का पिछला हिस्सा पर्वत से टकरा गया।

अगले दृश्य में वशी उस योद्धा के सामने मूर्छित पड़ा था, जिसका नाम चक्रांक था और जिसे वो हरामज़ादा कह-कहकर कई बार नोच चुका था। चक्रांक ने मृगेंद्र की ओर देखा। मृगेंद्र के पास तलवार तो थी, किंतु उसने जो देखा, उसके पश्चात् तलवार चलाने का उसमें साहस नहीं बचा था।

चक्रांक ने कन्या की ओर देखते हुए कहा, ''ये कौन है और इसे कहाँ से उठाकर लाये हो?''

मृगेंद्र ने घबराते हुए कहा, ''एक व्यक्ति को कलिल राज्य की सीमा पर

पड़ी मिली थी, इसके जन्म लेते ही कोई इसे वहाँ छोड़कर चला गया था; उस व्यक्ति को इस पर बहुत प्रेम आया और उसने इसका पालन-पोषण अपनी पुत्री की तरह किया, किंतु दो माह पहले उसका निधन हो गया... उसके सिवा इससे प्रेम करने वाला वहाँ कोई नहीं था; उस व्यक्ति के निकट संबंधी ने इसे हमें एक स्वर्ण मुद्रा के बदले बेच दिया।''

मृगेंद्र की बात सुनकर चक्रांक को आभास हुआ जैसे उसकी छाती फट गयी। चक्रांक ने किसी तरह स्वयं को सँभाला और मृगेंद्र से कहा, ''कन्या मुझे दो।''

मृगेंद्र ने बिना कुछ कहे, कन्या चक्रांक को सौंप दी। चक्रांक ने कन्या को अपनी गोद में लिया और मृगेंद्र से कहा, ''शीघ्र ही जाओ और अपने साथी का उपचार कराओ।''

मृगेंद्र, वशी के निकट पहुँचा तो चक्रांक ने पुनः कहा, ''जब इसे होश आये तो क्या कहोगे?''

''हमसे बहुत बड़ी भूल हुई, हम जिससे उलझे थे वो एक बहुत बड़ा योद्धा...''

नहीं, चक्रांक ने मृगेंद्र को बीच में ही रोकते हुआ कहा, ''जब इसे होश आये तो इससे कहना, कभी-कभी जाने-अनजाने हमसे अपराध हो जाते हैं, किंतु इसका अर्थ ये नहीं कि सृष्टि अपराधी या दोषी की पक्षधर है; सृष्टि ने जीवन दिया है तो इसका सम्मान करो... एक स्वस्थ मानव के जीवन का उद्देश्य अपराध करना या किसी को कष्ट पहुँचाना नहीं होता, कुछ काम नहीं आयेगा सिवाय कर्मों के; एक नयी शुरूआत करने के लिए प्रेरित करना; यदि फिर भी बुद्धि नहीं आए तो विश्वास दिलाना, चक्रांक नहीं तो कोई और मिलेगा, किंतु मिलेगा अवश्य और आवश्यक नहीं कि सृष्टि हर बार सुधरने का अवसर दे।''

चक्रांक, कन्या को लेकर आगे की ओर चल पड़ा। कुछ देर पहले मृगेंद्र ने जो देखा, उसके लिए वो एक चमत्कार था और अभी जो सुना, उसके लिए वो उससे भी बड़ा चमत्कार था। मृगेंद्र को विचार आया, क्या सचमुच ये वही दुनिया है, जहाँ केवल उसने नोचना सीखा था।

संध्या का समय था। कुछ देर विश्राम करने के लिए चक्रांक एक स्थान पर रुक गया। अब वो अकेला नहीं था, उसके साथ उसकी पुष्प जैसी पुत्री भी थी। चक्रांक ने कल्पना भी नहीं की थी कि उसे एक नयी शुरूआत करने के लिए प्रेरित करने वाली प्रकृति उसे उपहार भी दे सकती है और वो भी उसके जीवन का सबसे बड़ा उपहार, एक पुष्प जैसी पुत्री।

चक्रांक एक पत्थर पर बैठा था और रात्रि-विश्राम के बारे में सोच रहा था। लगभग तीन कोस की दूरी पर वो शिविर था, जहाँ आते समय चक्रांक रात्रि-विश्राम के लिए रुका था और उसे वशी और मृगेंद्र मिले थे। चक्रांक को एक बार विचार आया, रात्रि-विश्राम के लिए उसी शिविर में रुक जाए, किंतु जाने क्यों, मन नहीं मान रहा था।

चक्रांक को पूर्ण विश्वास था कि वशी अब उसे नहीं ढूँढ़ेगा और एक नई शुरूआत करेगा... किंतु फिर भी वो कोई जोखिम नहीं उठाना चाहता था। चक्रांक अब अकेला नहीं था, उसके साथ उसकी पुत्री भी थी। चक्रांक को रात्रि-विश्राम के लिए कोई और शिविर चाहिए था, जहाँ वो और उसकी पुत्री चैन से रात्रि-विश्राम कर सकें।

चक्रांक को इस बार उस खंडहर का विचार आया, जहाँ आते समय उसने रात्रि विश्राम किया था। वही खंडहर, जहाँ दो अधेड़ व्यक्ति फटा-पुराना कम्बल ओढ़े एक-दूसरे से बातचीत कर रहे थे और चक्रांक ने सुना था... कभी-कभी बस्तियाँ उजाड़ देती हैं और खंडहर बसा देते हैं। रात्रि-विश्राम के लिए खंडहर सुरक्षित स्थान था, किंतु जाने क्यों, चक्रांक का मन नहीं मान रहा था।

चक्रांक को रात्रि-विश्राम के लिए कोई ऐसा स्थान चाहिए था, जहाँ वो और उसकी पुत्री चैन से रात्रि-विश्राम कर सकें।

चक्रांक ने अपनी पुत्री को कम्बल ओढ़ाया और उसे गोद में लिये आगे की ओर चल पड़ा।

कुछ समय पश्चात् चक्रांक को दायीं ओर एक अन्य मार्ग दिखाई दिया। मार्ग चौड़ा था और गुंबदीनगर की ओर जा रहा था। चक्रांक को विचार आया, संभव है, कल की तरह उसे इस मार्ग पर भी रात्रि-विश्राम के

लिए कोई शिविर मिल जाए। चक्रांक, गुंबदी नगर की ओर चल पड़ा। थोड़ा ही चला था कि सामने की ओर से उसे दो युवक आते हुए दिखाई दिये। पूछने पर मालूम हुआ कि चक्रांक का निर्णय सही था... शिविर और चक्रांक के बीच केवल आधे कोस की दूरी थी।

चक्रांक अपनी पुत्री को गोद में लिये आगे की ओर चल पड़ा। शीघ्र ही उसे गुंबदी नगर से पहले रात्रि-विश्राम के लिए शिविर दिखाई दिये। वहाँ तीन शिविर थे... दो शिविर यात्रियों के लिए थे और एक शिविर, मालिक और कर्मचारियों के लिए था। सूर्यास्त होने में कुछ समय था।

गुंबदी नगर की ओर आने के अपने निर्णय पर चक्रांक को प्रसन्नता हुई। शिविरों के आसपास के प्राकृतिक दृश्यों की बात ही कुछ और थी। शिविर में रात्रि-विश्राम का शुल्क तीन टके था। चक्रांक ने शिविर के मालिक को तीन टके दिये, ताकि वो और उसकी पुत्री गुंबदी नगर के प्राकृतिक दृश्यों के बीच चैन से रात्रि-विश्राम कर सकें।

शिविरों से थोड़ी दूर पत्थरों के बीच से पानी रिस रहा था, जिसका स्वर सुनकर चक्रांक को अद्भुत आनंद की अनुभूति हुई। सामने की ओर खुला मैदान था। चक्रांक अपनी पुत्री को गोद में लिये खुले मैदान की ओर गया। मैदान के अंत में पहुँचकर नीचे की ओर देखा तो गहरी झील थी, जिसे देखकर चक्रांक को वो झील स्मरण हुई जहाँ उसे चंदिका के दर्शन हुए थे। झील से थोड़ा आगे, ऊपर की ओर पर्वत को चीरकर छलाँग लगाता हुआ एक बड़ा झरना था, जिसे देखकर चक्रांक को वो झरना स्मरण हुआ, जो पर्वत से गिरते समय जम गया था और दूर होते हुए भी वृद्ध की गुफा से दिखाई देता था। चक्रांक को विचार आया, कितने जादू आते हैं इस प्रकृति को... कोई क्यों न सब-कुछ छोड़-छाड़कर इसकी गोद में चैन से सो जाए। कुछ देर के लिए चक्रांक अपने ही विचारों में खो गया।

सूर्यास्त हो चुका था। चक्रांक अपनी पुत्री को गोद में लिये, शिविरों की ओर चल पड़ा, ताकि वो और उसकी पुत्री चैन से रात्रि-विश्राम कर सकें।

प्रतिदिन की तरह सूर्योदय से पहले ही चक्रांक की आँखें खुल गयी।

उसकी पुत्री उसके निकट सोई हुई थी। चक्रांक ने उसके कोमल हाथों को स्पर्श किया तो उसकी छोटी-छोटी अँगुलियों ने चक्रांक की अँगुली को कसकर पकड़ लिया। चक्रांक ने अपनी पुष्प जैसी पुत्री के सिर के बालों में धीरे-धीरे अपनी अँगुलियाँ फेरी। वो अकेला होता तो शीघ्र ही आगे की ओर चल पड़ता, किंतु अब उसके साथ उसकी पुत्री भी थी। अपनी पुत्री को सोते देखकर चक्रांक को विचार आया, संभवतः अभी उसकी पुत्री की कोई इच्छा नहीं है कि वो इस निद्रा से उठकर आगे की यात्रा करे। वो कुछ देर और चैन से सोना चाहती है।

चक्रांक शिविर से बाहर आ गया।कुछ देर तक उसने वहाँ की प्रकृति को निहारा, फिर प्रतिदिन की तरह स्नान किया। शिविर के पास ही एक वृक्ष के नीचे चक्रांक ने प्रतिदिन की तरह प्रभु शिव की उपासना की और अपने अपराधों के लिए क्षमा माँगी, बहुत दिनों बाद आज उसे प्रभु शिव की उपासना में पहले की तरह आनंद आया... आभास हुआ, जैसे प्रभु शिव उससे प्रसन्न हैं।

चक्रांक के अंतर्मन में आनंद था। उसे तीव्र इच्छा हुई कि थोड़ी देर झील की ओर जाकर वहाँ की प्राकृतिक सुंदरता का निकट से आनंद ले। किंतु अगले ही क्षण विचार आया, अब वो अकेला नहीं है, उसके साथ उसकी पुत्री भी है और अपनी पुत्री को इस तरह शिविर में अकेला छोड़कर जाना उचित नहीं है।

चक्रांक, शिविर के सामने खुले मैदान की ओर गया और एक चट्टान पर बैठ गया। चक्रांक को यहाँ से झील भी दिखाई दे रही थी, शिविर भी और वो झरना भी, जो पर्वत को चीरकर छलाँग लगाते हुए बहुत ही चित्ताकर्षक लग रहा था।

चक्रांक के हृदय में आज एक अद्भुत प्रसन्नता थी और इस प्रसन्नता में उसे कल रात्रि वाला स्वप्न स्मरण हुआ। कल रात्रि चक्रांक के स्वप्न में वही स्त्री आयी, जो पूर्व में कई बार उसके स्वप्न में आ चुकी थी। हर बार वो स्त्री चक्रांक को तड़पने का शाप देकर उसकी आत्मा को नोचती थी, किंतु कल रात्रि के स्वप्न में उसने शाप नहीं दिया। वो पर्वत के ऊपरी हिस्से पर बैठी थी और चक्रांक हाथ जोड़कर क्षमा माँगते हुए पर्वत के नीचे खड़ा था। चक्रांक

के निकट उसकी पुत्री भी खड़ी थी, जो उसे कल ही मिली थी।

स्त्री और चक्रांक के बीच बहुत दूरी थी, किंतु फिर भी उनके बीच संवाद हो रहा था। स्वप्न की अपनी दुनिया है और वहाँ तर्क-वितर्क से परे संवाद होते हैं, दृश्य होते हैं। स्त्री कह रही थी, तुमने रक्तपात किया तो मेरे शापों ने भी रक्तपात किया, वो तुम्हें भी नोचना चाहते थे... किंतु जाने क्यों, तुम बच गये। मैं भी अब इस रक्तपात से थक चुकी हूँ और जितना भी जीवन बचा है, शांत होकर चैन से जीना चाहती हूँ। इतना कहते ही वो स्त्री अदृश्य हो गई।

स्वप्न का स्मरण होते ही चक्रांक को विचार आया, तो क्या उन शापों ने उसे क्षमा कर दिया! संभवतः उसकी पुष्प जैसी पुत्री ने उसे उन शापों से मुक्त करा दिया... शांत कर दिया उन शापों को, जो सच्चे थे।

सूर्योदय के कुछ समय पश्चात् चक्रांक शिविर में गया। उसकी पुत्री की निद्रा टूट चुकी थी। कुछ समय पश्चात् चक्रांक अपनी पुत्री को गोद में लिये उस झील की ओर चल पड़ा, जहाँ उसे चंदिका के दर्शन हुए थे।

संध्या का समय था। चक्रांक अपनी पुत्री को गोद में लिये शीघ्रता से झील की ओर जा रहा था, किंतु झील और उसके बीच अभी भी लगभग आठ कोस की दूरी थी। रात्रि होने से पहले झील तक पहुँचना चक्रांक के लिए संभव नहीं था। वो कुछ देर विश्राम करने के लिये एक पत्थर पर बैठ गया। सारा दिन अच्छा बीता। कभी अपनी रोती हुई पुत्री के मुख पर प्रसन्नता लाने के लिये चक्रांक ने उसे पुष्प तोड़कर दिये तो कभी वृक्षों की डालियों को इधर-उधर हिलाकर उसका मन बहलाया। कुछ देर विश्राम करने के पश्चात् चक्रांक अपनी पुत्री को गोद में लिये पुनः आगे की ओर चल पड़ा।

रात्रि हो चुकी थी, किंतु कल की तरह आज चक्रांक को रात्रि-विश्राम की उतनी चिंता नहीं थी। उसे वो शिविर पता थे जो राज्य के स्थापना-दिवस के अवसर पर शरणार्थियों के लिए लगाये गये थे।

चक्रांक अपनी पुत्री को गोद में लिये शीघ्रता से उस ओर चलता जा रहा था, जहाँ शरणार्थियों के लिए कई शिविर लगे थे। कुछ समय पश्चात्

चक्रांक वहाँ पहुँच गया और उसे पुनः उसी शिविर में शरण मिल गयी, जिसमें वो पिछली बार रुका था।

संयोग से चक्रांक के बिस्तर के निकट वही अधेड़ व्यक्ति बैठा था, जिसने पिछली बार चक्रांक से बातचीत की थी। वही अधेड़ व्यक्ति, जिसने कहा था, कभी-कभी घाव बहुत गहरे होते हैं और अच्छे-अच्छे टूट जाते हैं। निकट के बिस्तर पर चक्रांक को देखकर अधेड़ व्यक्ति को प्रसन्नता हुई। उसने चक्रांक की पुत्री की ओर देखा, फिर कहा, "तुम्हारी पुत्री है?"

'हाँ' चक्रांक ने इस बार तुरंत प्रतिक्रिया दी। बोलते समय चक्रांक के मुख पर अद्भुत प्रसन्नता थी।

"बहुत प्यारी है; अब समझ में आयी तुम्हारी कहानी... अपनी पुत्री को खो देना और उसे पुनः प्राप्त करना। कोई ऐसा जो हृदय में बसता हो, बिछड़ जाए तो अच्छे-अच्छे टूट जाते हैं, किंतु तुम्हारी प्रशंसा करनी होगी जो अपनी पुत्री को वापस ढूँढ़ लाये; बहुत कम लोग ऐसा कर पाते हैं।"

"जी धन्यवाद, किंतु मुझे लगता है, मैंने इसे नहीं, बल्कि इसने मुझे ढूँढ़ा है।" चक्रांक की बात सुनकर अधेड़ व्यक्ति के मुख पर एक क्षण के लिए प्रसन्नता आयी, किंतु अगले ही क्षण वो उदास हो गया।

अधेड़ व्यक्ति को उदास देखकर चक्रांक ने कहा, "और आप की कहानी..."

"जो बिछड़ा, वो अभी तक मिला नहीं।" इतना कहते ही वो अधेड़ व्यक्ति रुआँसा हो गया। चक्रांक ने कुछ और पूछना उचित नहीं समझा और बस इतना ही कहा, "आशा रखिए, वो आपको शीघ्र ही मिल जाएगा।"

"यही सोचकर प्रतिदिन इधर-उधर भटक रहा हूँ, क्या पता सृष्टि की कृपा मुझ पर भी हो जाए।"

चक्रांक ने अधेड़ व्यक्ति की हिम्मत बढ़ायी और फिर उस अधेड़ व्यक्ति की ओर देखा जो औंधे मुँह निकट के बिस्तर पर किसी मूर्छित की तरह पड़ा था। वही अधेड़ व्यक्ति, जिसने कुछ दिन पहले ही अपने इकलौते पुत्र का अंतिम-संस्कार किया था। चक्रांक को विचार आया, इस संसार में

हर क्षण अनगिनत कहानियाँ गतिशील हैं और हर कहानी के अपने सुख-दुःख हैं; जो हमारे नियंत्रण में नहीं है, उसके लिए हम क्या कर सकते हैं, सिवाय एक सच्ची प्रार्थना के। चक्रांक ने रात्रि-विश्राम से पहले हर रात्रि की तरह मन ही मन प्रभु शिव को स्मरण किया और एक सच्ची प्रार्थना की।

प्रतिदिन की तरह चक्रांक की आँख सूर्योदय से पहले ही खुल गयी। उसकी पुत्री उससे चिपटकर सोयी हुई थी। रात्रि में चक्रांक ने जिस अधेड़ व्यक्ति से बातचीत की थी, वो भी सोया हुआ था।

चक्रांक शिविर से बाहर आया। थोड़ा कोहरा था। चक्रांक ने शिविर में मिला कम्बल ओढ़ रखा था। शिविर के सामने की ओर चक्रांक एक पत्थर पर जाकर बैठ गया। शांत वातावरण था और इस शांत वातावरण में पक्षियों का कर्णप्रिय स्वर सुनकर चक्रांक को अद्भुत आनंद की अनुभूति हुई।


कुछ समय पश्चात् चक्रांक को मालूम हुआ, यहाँ वो अकेला नहीं है। चक्रांक की बाईं ओर थोड़ी दूरी पर वही अधेड़ व्यक्ति बैठा था जिसने कुछ दिन पहले ही अपने इकलौते पुत्र का अंतिम संस्कार किया था। वो अपने ही विचारों में खोया हुआ था।

चक्रांक शांत मन से आँख मूंदकर पक्षियों का कर्णप्रिय स्वर सुनने लगा। पक्षियों का कर्णप्रिय स्वर सुनकर चक्रांक को अद्भुत आनंद की अनुभूति हो रही थी। विश्वास हो रहा था कि यदि वो निरंतर अभ्यास करे तो वो इन पक्षियों की भाषा समझ सकता है और इनसे बातचीत भी कर सकता है।

चक्रांक अपनी ही धुन में मग्न था, किंतु अगले ही क्षण उसने पक्षियों के कर्णप्रिय स्वर के बीच वो सुना, जिसे सुनकर उसके होश उड़ गये। जबसे चक्रांक को पुनः जीवन मिला था, ये पहला अवसर था जब किसी ने उसे चक्रांक नाम से पुकारा।

आश्चर्य से चक्रांक के नेत्र खुले तो उसके सामने वही अधेड़ व्यक्ति खड़ा था, जिसने कुछ दिन पहले ही अपने इकलौते पुत्र का अंतिम-संस्कार

किया था और कल रात्रि किसी मूर्छित की तरह अपने बिस्तर पर पड़ा था।

''आपने कुछ कहा?'' चक्रांक ने अधेड़ व्यक्ति की ओर आश्चर्य से देखते हुए कहा।

''हाँ, मैंने ही तुम्हें चक्रांक नाम से पुकारा है।''

अधेड़ व्यक्ति की बात सुनकर चक्रांक को पुनः आश्चर्य हुआ। चक्रांक ने अधेड़ व्यक्ति की ओर आश्चर्य से देखते हुए कहा, ''आप मुझे कैसे जानते हो?''

''अपने पुत्र से कई बार तुम्हारा नाम सुना था और कई बार तुम्हें सेना की टुकड़ी में भी देखा था; मेरा पुत्र उसी सेना की टुकड़ी में था, जिसमें तुम और जिगीषु थे।''

चक्रांक को जबसे पुनः जीवन मिला था, ये पहला अवसर था जब किसी ने उसके सामने जिगीषु का नाम लिया हो।

अधेड़ व्यक्ति ने पुनः कहा, ''जानना नहीं चाहोगे उस घोर अपराध के पश्चात् जिगीषु का क्या हुआ?''

''नहीं, किसी के बारे में कुछ जानने की मेरी कोई इच्छा नहीं है, मैं सब-कुछ भूल चुका हूँ।''

''उसने जो किया उसे स्मरण भी कौन रखना चाहेगा, किंतु मैं तुम्हें कुछ बता दूँ तो संभवतः मेरे अंतर्मन को थोड़ी शांति मिल जाए। कार्तिक माह के शुक्ल-पक्ष की सप्तमी की रात्रि को जिगीषु समेत सात लोगों की मृत्यु हुई थी और उनमें एक शव मेरे पुत्र का भी था। नीचे के भेड़िए किसी के नहीं होते, समय आने पर स्वयं ही एक-दूसरे को नोच लेते हैं।'' इतना कहते ही वो अधेड़ व्यक्ति रुआँसा हो गया और उसके नेत्रों से अश्रु टपकने लगे।

चक्रांक कुछ बोलता, इससे पहले ही अधेड़ व्यक्ति ने पुनः कहा, ''जिन भेड़ियों ने तुम्हें पीछे से नोचा था, उनमें एक तलवार मेरे पुत्र की भी थी। मेरा पुत्र पाँच वर्ष का था, जब मेरी स्त्री का निधन हुआ... अपने प्राणों से भी प्यारा था मुझे। बहुत प्रेम से उसका पालन-पोषण किया, एक अच्छी

शिक्षा दी... किंतु जबसे जिगीषु के संपर्क में आया, उसकी लालसाएँ बढ़ती गयीं। मैंने उसे कई बार समझाया, जिगीषु की संगत ठीक नहीं है; यदि वो अपने जीवन से संतुष्ट नहीं है, कुछ और प्राप्त करना चाहता है तो सही मार्ग चुने, किंतु उसने मेरी बातों पर ध्यान नहीं दिया और जिगीषु के पंजों ने मेरे पुत्र को भी नोच लिया... कई बार समझाने का प्रयास किया, किंतु जाने क्यों उसे बुद्धि नहीं आयी। संभवतः मेरे भाग्य में तड़पना ही लिखा था और अब कुछ नहीं बचा, सिवाय तड़प के...'' अधेड़ व्यक्ति बोलता गया और उसके नेत्रों से आँसू टपकते गये। उसका मुख आँसुओं से भीग गया था। अधेड़ व्यक्ति की ये दशा चक्रांक से देखी नहीं गयी। चक्रांक ने अधेड़ व्यक्ति को समझाया और वही कहा जो मनोचिकित्सक ने उससे कहा था... जो हुआ वो केवल एक घटना थी, अंतिम सत्य नहीं।

चक्रांक की बातों से अधेड़ व्यक्ति के अंतर्मन को थोड़ी शांति मिली। कुछ देर एकांत में रहने का कहकर अधेड़ व्यक्ति शिविर से दूर वृक्षों के झुरमुट की ओर चला गया।

चक्रांक ने शिविर में जाकर अपनी पुत्री को सँभाला, वो अभी भी गहरी निद्रा में थी। कुछ समय पश्चात् चक्रांक ने स्नान किया और शिविर के पीछे की ओर एक वृक्ष के नीचे प्रभु शिव की उपासना की। चक्रांक ने अपने अपराधों के लिए क्षमा माँगी, निर्दोष लोगों समेत जिगीषु और अपने साथियों की आत्मा की शांति के लिए प्रार्थना की... प्रार्थना की उन सभी के लिए, जो अब इस संसार में नहीं हैं और उनके लिए भी, जो इस संसार में तो हैं, किंतु अंदर से टूट चुके हैं।

# भाग पाँच

मार्गशीर्ष माह के शुक्ल-पक्ष की चतुर्दशी का पहला पहर था। चक्रांक अपनी पुत्री को गोद में लिये उस झील की ओर चल पड़ा, जहाँ उसे चंदिका के दर्शन हुए थे। चक्रांक शरणार्थियों के बारे में सोचता जा रहा था। विचार आया, जो हमारे नियंत्रण में नहीं है, उसके लिए हम क्या कर सकते हैं, सिवाय एक सच्ची प्रार्थना के।

दिन का दूसरा पहर था। चक्रांक और झील के बीच लगभग आधे कोस की दूरी थी। कुछ ही देर में चक्रांक वृक्षों की ओर पहुँच गया। वृक्षों की तरफ जाकर चक्रांक ने एक वृक्ष की ओट में झील की ओर देखा। वहाँ तीन नाव खड़ी थीं और उनमें से एक नाव वो भी थी, जिसमें चक्रांक बैठना चाहता था। नाव देखकर चक्रांक को अद्भुत आनंद की अनुभूति हुई। उसे कई दिनों बाद चंदिका के साक्षात् दर्शन हुए।

नाव में पाँच यात्री बैठे थे। चक्रांक नाव की ओर चल पड़ा। वृक्षों की तरफ़ से निकलकर चक्रांक नाव की ओर पहुँचता, इससे पहले एक और यात्री नाव में बैठ गया और कुछ ही क्षणों में नाव किनारे से चल पड़ी।

चंदिका की पीठ चक्रांक की ओर थी और अब वो उसे आराम से

निहार सकता था। कुछ देर के लिए स्वतंत्र हुआ, मुक्त हुआ दुनियादारी से। चक्रांक, चंदिका को तब तक निहारता रहा, जब तक उसके और नाव के बीच वृक्षों से घिरा हुआ झील का कोना नहीं आ गया।

चक्रांक पुनः वृक्षों के पास जाकर एक वृक्ष के नीचे बैठ गया। चक्रांक के हृदय में कई सुंदर और अद्भुत दृश्य बसे थे, जिनके स्मरण से उसे एक अद्भुत आनंद की अनुभूति होती थी। क्षण, जब पहली बार उसकी दृष्टि चंदिका के हल्के भूरे रंग के नेत्रों से टकरायी.. जब चंदिका के मुख पर आयी प्रसन्नता को पहली बार निहारा, पहली बार जब उसकी वाणी सुनी। सभी के सभी क्षणों में अद्भुत आनंद था।

चक्रांक को विचार आया, क्या वो चंदिका को बता पाएगा कि वो उसके बिना अधूरा है। यदि बता भी दिया तो क्या चंदिका उसे स्वीकार करेगी? क्यों नहीं, उसने उन नेत्रों में स्वयं के लिए प्रेम देखा है और नेत्र कभी झूठ नहीं बोलते। क्या पुत्री को भी स्वीकार करेगी? यदि प्रेम करती है तो अवश्य स्वीकार करेगी। नहीं किया तो! इसी विचार के साथ चक्रांक दुविधा में फँस गया।

चक्रांक ने अपनी पुत्री की ओर देखा। उस पुत्री की ओर, जिसका सब-कुछ वही था; जो उससे चिपटकर चैन से सो जाती है, जिसे नीचे के भेड़िये जाने कहाँ-कहाँ ढूँढ़ रहे हैं, ताकि वो उसे नोच सकें। विचार आया, यदि पुत्री स्वीकार नहीं तो वो अपने वैवाहिक जीवन के स्वप्न को त्याग देगा। उसने पहले भी कष्ट सहे हैं और उसे अब भी कष्ट सहना आता है। कुछ समय पश्चात् पुनः झील की ओर लौटने का विचार कर, चक्रांक उसी ओर चल पड़ा, जिधर से आया था।

चक्रांक अपनी पुत्री को गोद में लिये झील से थोड़ी दूर आ गया और एक चट्टान की ओट में लेट गया। चारों और सुनहरी धूप थी। चक्रांक ने अधखुले नेत्रों से सूर्य की ओर देखा। सूर्य की रंग-बिरंगी किरणें एकत्र होकर उसी की ओर आ रही थीं, ताकि वो रोशन हो सके। चक्रांक को आभास हुआ जैसे ये प्रकृति उस पर काला जादू फूँक रही है... ठीक वैसा, जैसा जादू चंदिका ने उस पर किया है। चक्रांक को पुनः विचार आया, उसने चंदिका के नेत्रों में स्वयं के लिए प्रेम देखा है और नेत्र कभी झूठ नहीं बोलते।

क्या चंदिका पुत्री को भी स्वीकार करेगी... नहीं किया तो! तो वो अपने वैवाहिक जीवन के स्वप्न को त्याग देगा।

चक्रांक संध्या तक इसी दुविधा में अपनी पुष्प जैसी पुत्री के साथ इधर-उधर भटकता रहा।

कुछ समय पश्चात् चक्रांक अपनी पुत्री को गोद में लिये पुनः झील की ओर चल पड़ा। कुछ ही देर में चक्रांक झील किनारे पहुँच गया। यात्रियों को झील के उस पार जाने के लिए कई नावें झील किनारे खड़ी थी और लोगों की भीड़ थी। अपना कामकाज निपटाकर लोग प्रतिदिन की तरह अपने-अपने घरों की ओर लौट रहे थे।

भीड़ देखकर चक्रांक प्रसन्न हुआ। उसे जिस नाव में बैठना था वो सबसे अंत में खड़ी थी। भीड़ के कारण कोई नहीं जान पाएगा कि वो केवल उसी नाव में क्यों बैठना चाहता है, सिवाय चंदिका के।

चक्रांक शीघ्रता से चंदिका की नाव की ओर चल पड़ा। नाव में पहले से ही चार यात्री बैठे थे। चक्रांक और चंदिका की दृष्टि पुनः टकरायी, केवल क्षण भर के लिए। लोगों की भीड़ थी, शोर मचा था; फिर भी दो दृष्टियों ने चुपचाप एक दूसरे से बात की, ठीक वैसे, जैसे सांसारिक मोह-माया के बीच भी एक सच्चा जोगी अपनी धुन में ही रहता है, किंतु इस बार जो बात हुई, उसमें प्रसन्नता कम और पीड़ा अधिक थी।

चंदिका की नाव में जो चार यात्री बैठे थे, उनमें से एक वही वृद्धा थी, जिसके निकट पिछली बार चक्रांक बैठा था। चक्रांक इस बार वृद्धा के सामने की ओर बैठ गया। इस बार चक्रांक अकेला नहीं था, उसके साथ उसकी पुत्री भी थी, जिसे देखकर चंदिका ने मान लिया कि चक्रांक का विवाह हो चुका है। कुछ ही देर में एक और यात्री नाव में बैठ गया और नाव किनारे से चल पड़ी एक और यात्रा के लिये।

वही झील, वही नाव, किंतु पहले और आज की यात्रा में अंतर था। इस बार चक्रांक अकेला नहीं था, उसके साथ उसकी पुत्री भी थी और इस बार चंदिका के हृदय में प्रसन्नता कम और पीड़ा अधिक थी।

नाव ने झील का किनारा छोड़ा ही था कि वृद्धा ने चक्रांक की पुत्री की ओर देखा, फिर कहा, ''तुम्हारी पुत्री है?''

वृद्धा के प्रश्न ने चक्रांक को चिंता में डाल दिया। विचार आया, पुत्री तो है, कैसे है, सबको बताना नहीं चाहता और जिसे बताना चाहता हूँ, वो जाने कब एकांत में मिलेगी।

'हाँ', चक्रांक की बात सुनकर चंदिका का हृदय छलनी-छलनी हो गया। एक क्षण के लिए वो रुआँसी हो गयी और उसके गालों पर लाली आ गयी। चक्रांक को तीव्र इच्छा हुई कि वो उसके नेत्रों को चूम ले और उसे अपने हृदय से लगा ले।

चक्रांक अपने ही विचारों में खोया हुआ था कि वृद्धा ने पुनः कहा, ''बहुत प्यारी है, क्या नाम है इसका?''

''जी, अभी तक सोचा नहीं; खट्टी-मीठी कुछ भी बुलाकर काम चला लेता हूँ।'' चक्रांक ने बातचीत में अधिक रुचि नहीं लेते हुए कहा।

''और तुम्हारा कोई नाम है या तुम भी कोई खट्टे-मीठे ही हो।'' वृद्धा की बात सुनकर सभी के मुख पर प्रसन्नता आ गयी।

चक्रांक को विचार आया, उसे अपनी पहचान गुप्त रखनी चाहिए। जिस तरह व्यापारी को उसने अपना नाम पुंडरीक बताया था, उसी तरह वृद्धा को भी अपना नाम पुंडरीक बता दे... किंतु अगले ही क्षण विचार आया, उसका नाम कोई और भी सुनेगा और वो उससे कुछ भी छुपाना नहीं चाहता। उसने वृद्धा की ओर देखते हुए कहा, ''जी मेरा नाम चक्रांक है।''

चक्रांक नाम का स्वर जाने क्यों चंदिका के हृदय तक पहुँचा।

''अपनी स्त्री को नहीं लाए!'' वृद्धा का एक और वज्र प्रहार। वृद्धा को कौन समझाए कि उसके शब्दों का एक-एक बाण किसी के हृदय को छलनी-छलनी कर रहा है।

चक्रांक ने बात को अनसुना करते हुए झील की ओर देखा और ढोंग किया जैसे कि उसने कुछ सुना ही नहीं।

वृद्धा ने पुनः ऊँचे स्वर में कहा, ''अपनी स्त्री को क्यों नहीं लाये?''

चक्रांक समझ गया, वृद्धा को जब तक अपने प्रश्न का उत्तर नहीं मिलेगा, वो उसका पीछा नहीं छोड़ेगी। चक्रांक ने धीमे स्वर में कहा, ''स्त्री अभी रूठी हुई है।''

चक्रांक को आशा थी कि वृद्धा अब उसका पीछा छोड़ देगी, किंतु वृद्धा ने अभी भी उसका पीछा नहीं छोड़ा। वृद्धा ने पुनः कहा, ''तुम पुरुष होते ही ऐसे हो, जब तक विवाह नहीं होता, रोते-तड़पते हो और हो जाए तो कुछ ही दिनों में अपनी अकड़ दिखाने लगते हो।''

''नहीं, ऐसी तो कोई बात नहीं।'' चक्रांक ने विनम्रता से कहा।

''ऐसी ही बात है, मेरे बाल यूँ ही सफ़ेद नहीं हुए; थोड़ी-सी भी लज्जा है तो कल पुनः जाकर अपनी स्त्री को मनाकर लाओ, स्त्री बिना भी कोई घर होता है।''

''जी अवश्य।''

वृद्धा और चक्रांक की बातचीत चलती रही और नाव भी।

नाव झील किनारे पहुँची तो सूर्यास्त हो चुका था। सभी यात्रियों की तरह चक्रांक ने भी नाव से उतरकर चंदिका को एक टका दिया, किंतु इस बार चंदिका ने चक्रांक की ओर नहीं देखा।कुछ दिन पहले चक्रांक से मिलकर चंदिका के हृदय में प्रेम का जो सूर्योदय हुआ था, वो अब अस्त हो चुका था।

चक्रांक अन्य यात्रियों की तरह आगे की ओर चलने ही वाला था कि वृद्धा ने उसे अपना हाथ पकड़ने को कहा, ताकि वो नाव से सुरक्षित उतर सके। वृद्धा, नाव से उतरने वाली अंतिम यात्री थी। वृद्धा को नाव से सुरक्षित उतारकर चक्रांक अपनी पुत्री को गोद में लिये आगे की ओर चल पड़ा।

थोड़ा आगे चलकर चक्रांक ने एक वृक्ष की ओट में चंदिका की ओर देखा। वो झील किनारे नाव बाँधने में व्यस्त थी और उसके निकट उसका छोटा भ्राता और वृद्धा खड़े थे। चक्रांक को विचार आया, कुछ ही देर में चतुर्दशी के चंद्रमा की चाँदनी चारों ओर फैल जायेगी और सूर्यास्त का सारा

अंधकार मिट जाएगा, चारों ओर चाँदनी ही चाँदनी होगी। यदि सृष्टि उसे एक बार चंदिका से एकांत में मिलने का अवसर दे, तो चंदिका के हृदय का भी सारा अंधकार मिट जाएगा और उसके हृदय में भी चाँदनी ही चाँदनी होगी।

चक्रांक ने सोचा था सभी यात्रियों के जाते ही उसे चंदिका से बात करने का अवसर मिल जाएगा और वो उसे बता देगा कि उसका विवाह नहीं हुआ, पुत्री तो उसे पर्वत पर मिली है... किंतु वृद्धा ने यहाँ भी उसका पीछा नहीं छोड़ा। नाव बाँधते ही चंदिका अपने छोटे भ्राता और वृद्धा के साथ अपने घर की ओर चल पड़ी।

चक्रांक वृक्ष की ओट से उन्हें जाते हुए देखता रहा। चक्रांक ने ठान लिया, जब तक वो चंदिका को सत्य बताकर उसका निर्णय नहीं जान लेता, वो यहाँ से कहीं नहीं जाएगा।

चक्रांक अपनी पुत्री को गोद में लिये रात्रि-विश्राम के लिये उन शिविरों की ओर चल पड़ा, जो पुंगव नगर के बाज़ार से पहले थे। उन्हीं शिविरों की ओर, जहाँ उसने पहली बार रात्रि विश्राम किया था और जहाँ उसे भासुर नाम का युवक मिला था।

ठण्ढ बढ़ती जा रही थी। चक्रांक ने अपनी पुत्री को कम्बल ओढ़ा रखा था और शीघ्रता से उन शिविरों की ओर जा रहा था, जहाँ पहली बार उसने रात्रि-विश्राम किया था। कुछ समय पश्चात् चक्रांक उन शिविरों की ओर पहुँच गया। चक्रांक ने शिविर के मालिक को रात्रि-विश्राम के लिये तीन टके दिए और अपनी पुत्री के साथ उसी छोटे शिविर में प्रवेश किया, जिसमें वो पिछली बार रात्रि-विश्राम के लिए रुका था।

शिविर में तीन यात्रियों के रुकने की व्यवस्था थी, किंतु चक्रांक और उसकी पुत्री के सिवा शिविर में कोई भी नहीं था। रात्रि-भोजन के पश्चात् चक्रांक ने अपनी पुत्री की पीठ को धीरे-धीरे सहलाया और कुछ ही देर में उसकी पुत्री गहरी निद्रा में चली गयी। कुछ समय पश्चात् चक्रांक, शिविर में मिला कम्बल ओढ़कर शिविर से बाहर आया। ठण्ढ थी, किंतु इतनी नहीं कि वो ठिठुर जाय।

मार्गशीर्ष माह के शुक्ल-पक्ष की चतुर्दशी का चंद्रमा बहुत ही आकर्षक लग रहा था। चारों ओर चाँदनी छायी हुई थी। चक्रांक ने अधखुले नेत्रों से चंद्रमा की ओर देखा। चंद्रमा की किरणें एकत्र होकर उसी की ओर आ रही थी, ताकि वो रोशन हो सके। विचार आया, जब वो चंद्रमा से एकांत में मिल सकता है तो चंदिका से क्यों नहीं... उसे प्रतीक्षा करनी चाहिए। अवसर मिलेगा, अवश्य मिलेगा; सृष्टि का हृदय इतना कठोर भी नहीं।

शिविर के सामने की ओर श्वेत ऊँची-ऊँची चोटियां दिखाई दे रही थीं और उनके ऊपर जगमगाता चतुर्दशी का चंद्रमा बहुत ही आकर्षक लग रहा था। चारों ओर चाँदनी छायी हुई थी, एक अद्भुत दृश्य। चक्रांक कुछ देर तक श्वेत ऊँची-ऊँची चोटियों से आती चंद्रमा की किरणों को निहारता रहा और फिर रात्रि-विश्राम के लिए अपने शिविर में चला गया।

प्रतिदिन की तरह चक्रांक की आँख आज भी सूर्योदय से पहले ही खुल गयी। उसकी पुत्री उससे चिपटकर सोयी हुई थी। चक्रांक ने अपनी पुत्री के माथे को चूमा और फिर धीरे-धीरे कुछ देर तक उसके सिर के बालों में अपनी अँगुलियाँ फेरी।

कुछ समय पश्चात् चक्रांक, शिविर में मिला कम्बल ओढ़कर शिविर से बाहर आया। पक्षियों का कर्णप्रिय स्वर सुनकर उसे अद्भुत आनंद की अनुभूति हुई। चंद्रमा अभी भी उतना ही आकर्षक लग रहा था, जितना रात्रि को। शिविर के सामने की ओर भासुर ने दोनों चट्टानों के बीच अलाव जला रखा था। वही भासुर, जो निकट के ही गाँव का निवासी था, जिससे मिलकर चक्रांक को प्रसन्नता हुई थी। चक्रांक अलाव की ओर चल पड़ा।

चक्रांक जब भासुर से पहली बार मिला था, तो चक्रांक अपनी पहचान गुप्त रखना चाहता था, इसी कारण उसने भासुर को बताया था कि वो मरीची राज्य का रहने वाला है और उसका नाम पुंडरीक है।

अलाव के निकट बैठकर चक्रांक भी अपने हाथ-पाँव सेंकने लग गया। भासुर ने चुप्पी तोड़ते हुए कहा, ''मृष्ट राज्य से मन भर गया साहब या कुछ दिन और ठहरने का विचार है?''

''मन तो करता है सदा के लिए यहीं बस जाऊँ, किंतु सब कुछ मेरे

नियंत्रण में नहीं है... हाँ, दो-चार दिन और यहीं रहने का विचार है।''

''कल रात्रि आपके साथ एक कन्या भी थी, क्या वो आपकी पुत्री है?''

'हाँ',बोलते समय चक्रांक के मुख पर हल्की-सी प्रसन्नता आ गयी। विचार आया, प्रकृति का दिया हुआ उसके जीवन का सबसे बड़ा उपहार, उसकी पुत्री।

''अपनी स्त्री को नहीं लाये साहब।''

''उसी के लिए तो यहाँ आया था। कलिल राज्य में मेरा ससुराल है, स्त्री रूठकर मायके आ गयी, उसी को मनाने आया था। स्त्री नहीं मानी तो मैं भी ताव में आकर अपनी पुत्री को अपने साथ ले आया। एक दो दिन अपनी पुत्री के साथ यहीं रहूँगा, उसके पश्चात् स्त्री को मनाने फिर जाऊँगा, क्या पता इस बार मान जाए।'' चक्रांक ने विश्वासपूर्वक कहा।

''पति-पत्नी में थोड़ी-बहुत नोक-झोंक होती रहती है साहब, किंतु इस तरह पुत्री को ले आना ठीक नहीं।''

''चिंता की कोई बात नहीं, वो मुझे अच्छी तरह से जानती है; जानती है एक-दो दिन में आ जाऊँगा... इसी बात का तो मेरे ससुराल वाले लाभ उठाते हैं। कभी-कभी मुझे अपनी स्त्री से अधिक क्रोध अपने ससुराल वालों पर आता है; जाने क्या सोच है उनकी।''

''इतना क्रोध ठीक नहीं साहब... कल रात्रि जब आप आये तो आपके पास एक तलवार भी थी, कहीं तलवार ससुराल-पक्ष के लिए तो नहीं ख़रीदी।''

भासुर की बात सुनकर चक्रांक अपनी हँसी नहीं रोक पाया। उसने भासुर की ओर प्रसन्न मुद्रा में देखते हुए कहा, ''तलवार अपने मित्र को भेंट-स्वरूप देने के लिए लाया हूँ, उसे तलवार रखने का बहुत शौक़ है।''

धीरे-धीरे चक्रांक और भासुर में एक आत्मीय संबंध बनता जा रहा था। दोनों को एक-दूसरे से बातचीत करने में बहुत आनंद आ रहा था। भासुर ने कहा, ''आज का दिन बहुत शुभ है साहब, देवी माँ के आशीर्वाद से

आज ही के दिन मृष्ट राज्य की स्थापना हुई थी। राज्य में कुल सात झील हैं और हर झील के निकट माता का मंदिर है; आज पूरे दिन सम्पूर्ण राज्य में माता की उपासना होती है, आप भी माता के दर्शन कर लें साहब, आज तक माता के मंदिर से कोई खाली हाथ नहीं लौटा, क्या पता माता के दर्शन करने से सब ठीक हो जाए।''

भासुर ने चक्रांक को बताया, लगभग एक कोस की दूरी पर जो झील आयेगी, उसके दूसरी ओर माता का सबसे प्राचीन मंदिर है... माता के दर्शन करने के लिए आज पूरे दिन झील किनारे भीड़ रहेगी।दर्शन करने के लिए जाना है तो शीघ्र ही जाना चाहिए।

माता के मंदिर के बारे में बताकर भासुर अलाव में लकड़ियाँ डालने के लिये कुछ और लकड़ियाँ लेने चला गया। भासुर की बात सुनकर चक्रांक सोच-विचार में पड़ गया। भासुर जिस झील की बात कर रहा था, ये वही झील थी, जहाँ चक्रांक को चंदिका के दर्शन हुए थे।

चक्रांक को विचार आया, उसे तो वैसे भी उसी झील की ओर जाना है, ताकि अवसर मिलने पर वो चंदिका को बता सके कि उसका विवाह नहीं हुआ, पुत्री उसे पर्वत पर मिली है, प्रकृति का दिया हुआ उसके जीवन का सबसे बड़ा उपहार। आज का दिन बहुत शुभ है और माता भी उसे उसी झील की ओर बुला रही हैं तो उसे देर नहीं करनी चाहिए, ये तो बहुत शुभ संकेत है।

चक्रांक को माता के दर्शन करने की इच्छा हुई, किंतु अगले ही क्षण विचार आया, वो अकेला नहीं है, उसके साथ उसकी पुत्री भी है। क्या उसकी पुत्री भीड़ में सुरक्षित रहेगी? माता के दर्शन करने के लिए अपनी पुत्री के प्राणों को संकट में डाल देना चक्रांक को उचित नहीं लगा। पुनः विचार आया, वो माता के दर्शन करना चाहता है, किंतु तभी, जब वो और उसकी पुत्री सुरक्षित हों। सुरक्षित! क्या सब-कुछ हमारे नियंत्रण में है? नहीं, किंतु जो है, उसके बारे में तो हमें विचार करना ही चाहिए।

कुछ ही समय में भासुर लकड़ियाँ लेकर आ गया। भासुर ने अलाव में कुछ लकड़ियाँ डाली। अलाव की आँच पुनः ज़ोर पकड़ चुकी थी।

चक्रांक ने भासुर को अपनी चिंता बतायी तो भासुर ने कहा, "चिंता की कोई बात नहीं; भीड़ होगी, किंतु इतनी नहीं कि वो अनियंत्रित हो जाए... झील से लेकर माता के मंदिर तक जगह-जगह पर सैनिक तैनात रहेंगे, ताकि किसी भी तरह की कोई अप्रिय घटना न घटे; राज्य के सभी लोग शांत, सरल स्वभाव के हैं और आज तक कोई अप्रिय घटना नहीं घटी।"

भासुर ने चक्रांक को विश्वास दिलाया कि वो निर्भय होकर अपनी पुत्री के साथ माता के दर्शन के लिए जा सकता है और ये भी बताया कि माता के दर्शन करने के लिए झील के उस पार पर्वत पर लगभग तीन कोस की चढ़ाई करनी होती है।

भासुर की बात सुनकर चक्रांक को माता के दर्शन करने की तीव्र इच्छा हुई। अलाव बुझने तक चक्रांक और भासुर एक-दूसरे से बातचीत करते रहे। अलाव बुझते ही भासुर, शिविर की ओर चला गया, जबकि चक्रांक कुछ देर तक वहीं अलाव के पास बैठा रहा। अलाव बुझ चुका था, किंतु उसकी भस्म में अभी भी तपन थी।

सूर्योदय के कुछ समय पश्चात् चक्रांक अपनी तलवार शिविर में छोड़कर अपनी पुत्री को गोद में लिए झील की और चल पड़ा। झील किनारे भीड़ थी, स्त्री-पुरुष अलग-अलग क़तारों में खड़े थे। चक्रांक अपनी पुत्री को गोद में लिए, पुरुषों की क़तार में लग गया।

झील के पास कुछ सैनिक तैनात थे, ताकि किसी भी तरह की कोई अप्रिय घटना न घटे। बुज़ुर्गों को क़तार में लगने की आवश्यकता नहीं थी, उन्हें सैनिक बिना किसी रुकावट के नाव में बिठा रहे थे।

चक्रांक क़तार में पीछे की ओर था, किंतु फिर भी उसकी बारी शीघ्र ही आ गयी। चक्रांक के साथ उसकी पुत्री थी और इसी कारण लोगों ने स्वयं ही उसे आगे की ओर भेज दिया। लोग शांत और सरल स्वभाव के थे और उन्हें देखकर समझा जा सकता था कि उन्हें अपनी बारी की प्रतीक्षा करना आता है।

चक्रांक की जिस नाव में बारी आयी, उसमें पहले से ही दस व्यक्ति बैठे थे। चार और यात्री बैठते ही नाव झील से चल पड़ी। दो और नाव भी

माता के जय-जयकारों के बीच झील से चल पड़ी।

कुछ समय पश्चात् वृक्षों से घिरा हुआ झील का वही कोना आया, जिसके आने तक चक्रांक, चंदिका को निहारता रहता था। नाव कोने के सहारे मुड़ती गयी। अगले दृश्य में सामने की ओर से पाँच नाव आते हुए दिखाई दी। पाँच नाव में से एक नाव चंदिका की भी थी।

कुछ ही देर में दोनों नाव एक-दूसरे के सामने से गुज़रीं। चक्रांक और चंदिका की दृष्टि पुनः टकरायी, किंतु अगले ही क्षण चंदिका ने अपनी दृष्टि फेर ली। चक्रांक से मिलकर चंदिका के हृदय में प्रेम का जो सूर्योदय हुआ था, वो अब अस्त हो चुका था, किंतु उसका सिंदूरी रंग अभी भी चंदिका के हृदय में पड़ा हुआ था... वो चाहकर भी उसे मिटा नहीं पा रही थी।

चक्रांक को पुनः वो क्षण स्मरण हुए, जिनके स्मरण से उसे एक अद्भुत आनंद की अनुभूति होती थी। क्षण, जब पहली बार उसकी दृष्टि चंदिका के हल्के भूरे रंग के नेत्रों से टकरायी, जब चंदिका के मुख पर आयी प्रसन्नता को पहली बार निहारा, पहली बार जब उसकी वाणी सुनी। सभी के सभी क्षणों में अद्भुत आनंद था। विचार आया, क्या चंदिका उसे स्वीकार करेगी? क्यों नहीं, उसने उन नेत्रों में स्वयं के लिए प्रेम देखा है और नेत्र कभी झूठ नहीं बोलते। माता के जय-जयकारों के बीच नाव आगे बढ़ती जा रही थी और चक्रांक अपने ही विचारों में खोया हुआ था।

झील के उस पार पहुँचते ही नाव से उतरकर चक्रांक अपनी पुत्री को गोद में लिये उस ओर चल पड़ा, जिधर सभी श्रद्धालु जा रहे थे।

झील की बायीं ओर आधा कोस चलने के बाद पर्वत पर चढ़ने-उतरने के लिए एक चौड़ा मार्ग आया।सभी श्रद्धालु ऊपर की ओर चढ़ रहे थे। कुछ बुजुर्गों को छोड़कर, जो पालकी में बैठे थे, सभी पैदल यात्रा कर रहे थे। सभी के हृदय में केवल एक ही इच्छा थी, माता के दर्शन करना। यहाँ कोई दरिद्र नहीं था, सभी धनाढ्य थे और सबकी अपनी-अपनी कहानियाँ थीं। जैसे-जैसे चक्रांक ऊपर चढ़ रहा था, उसे एक अद्भुत आनंद की अनुभूति हो रही थी।

दिन का दूसरा पहर प्रारम्भ होने तक चक्रांक ने लगभग एक कोस की चढ़ाई कर ली थी। कुछ ही देर में एक घुमावदार मोड़ आया। मुड़ते ही ऊपर की ओर माता का मंदिर दिखाई दिया और नीचे की ओर वही झील, जहाँ चक्रांक को चंदिका के दर्शन हुए थे। कुछ देर विश्राम करने के लिए चक्रांक अपनी पुत्री को गोद में लिये एक पत्थर पर बैठ गया। झील और मंदिर के बीच पर्वत था और इसी कारण झील से मंदिर दिखाई नहीं देता था।

झील में आती-जाती नावें घुमावदार मोड़ से दिखाई दे रही थीं। चक्रांक को पुनः चंदिका के दर्शन हुए और पुनः वो क्षण स्मरण हुए, जिनके स्मरण से उसे एक अद्भुत आनंद की अनुभूति होती थी। क्षण, जब पहली बार उसकी दृष्टि चंदिका के हल्के भूरे रंग के नेत्रों से टकरायी, जब चंदिका के मुख पर आई प्रसन्नता को पहली बार निहारा, पहली बार जब उसकी वाणी सुनी... सभी के सभी क्षणों में अद्भुत आनंद था। कुछ देर विश्राम करने के पश्चात् चक्रांक अपनी पुत्री को गोद में लिये पुनः ऊपर की ओर चल पड़ा।

दिन का तीसरा पहर था, जब चक्रांक मंदिर के निकट पहुँचा। उसने माता को चढ़ाने के लिये भोग लिया और पुरुषों की क़तार में लग गया, जो मंदिर के मुख्य द्वार के आगे लगी थी। कई सैनिक तैनात थे, ताकि किसी भी तरह की कोई अप्रिय घटना न घटे। कुछ समय पश्चात् चक्रांक की बारी आ गयी।

मंदिर में एक प्राचीन गुफा थी और इसी प्राचीन गुफा में श्रद्धालु एक-एक करके माता को भोग चढ़ाकर उन्हें प्रणाम कर रहे थे। किसी भी श्रद्धालु को दर्शन करने के लिए केवल क्षण भर का समय मिल रहा था। अपनी बारी आने पर चक्रांक ने माता को भोग चढ़ाकर उन्हें प्रणाम किया और मन ही मन प्रभु शिव को स्मरण करते हुए उन्हें भी प्रणाम किया। प्रणाम उस अद्भुत शक्ति को, जिसे हम किसी भी नाम से, किसी भी धर्म से, किसी भी रूप से जान लें, उसका अंतिम उद्देश्य केवल मानवता और प्रेम है।

चक्रांक अपनी पुत्री को गोद में लिये माता की प्राचीन गुफा से बाहर आया। गुफा से बाहर जाने का मार्ग चक्रांक को मंदिर के पीछे की ओर ले आया। अम्बर पर घटा छायी हुई थी और प्रकृति में एक अलग ही आकर्षण था। अम्बर पर छायी घटाए देखकर चक्रांक को पुनः एक अद्भुत आनंद की

अनुभूति हुई।

मंदिर के पीछे एक अन्य मार्ग था, जहाँ से सभी श्रद्धालु नीचे की ओर जा रहे थे। चक्रांक भी अपनी पुत्री को गोद में लिये उनके पीछे-पीछे चल पड़ा। थोड़ा आगे जाकर मार्ग उसी चौड़े मार्ग में मिल गया, जिससे सभी श्रद्धालु माता के दर्शन के लिए आ-जा रहे थे। मंदिर की ओर जाने वालों की संख्या धीरे-धीरे कम हो रही थी और नीचे जाने वालों की संख्या बढ़ती जा रही थी।

कुछ देर विश्राम करने के लिए चक्रांक पुनः उसी घुमावदार मोड़ पर रुका, जहाँ से मंदिर और झील दोनों दिखाई दे रहे थे। चक्रांक अपनी पुत्री को गोद में लिये एक पत्थर पर बैठ गया। उसने झील की ओर देखा और इस बार भी उसे चंदिका की नाव दिखाई दी। चक्रांक कुछ देर तक वहीं बैठा रहा और उस नाव को निहारता रहा, जिसमें वो बैठना चाहता था। कुछ देर विश्राम करने के पश्चात् चक्रांक पुनः नीचे की ओर चल पड़ा।

चक्रांक झील की ओर पहुँचा तो संध्या हो चुकी थी। झील किनारे भीड़ थी और उस पार जाने के लिए स्त्री-पुरुष अलग-अलग क़तारों में खड़े थे। चक्रांक को झील के उस पार जाने की कोई शीघ्रता नहीं थी, वो केवल चंदिका की नाव में बैठकर ही झील के उस पार जाना चाहता था।

चक्रांक क़तार में नहीं लगा। थोड़ा आगे जाकर एक वृक्ष की ओट में चक्रांक ने झील की ओर देखा। जिस नाव में वो बैठना चाहता था, वो नाव अभी झील किनारे नहीं खड़ी थी। चक्रांक को झील के उस पार जाने की कोई शीघ्रता नहीं थी। उसने ठान लिया, उस पार जाएगा तो केवल चंदिका की नाव में बैठकर।

कुछ देर विश्राम करने के लिए चक्रांक एक वृक्ष के नीचे बैठ गया। कुछ ही क्षणों में उसकी पुत्री गहरी निद्रा में चली गयी और कुछ समय पश्चात् चक्रांक की भी आँख लग गयी।

चक्रांक की आँख खुली तो सूर्यास्त होने वाला था। उसने उसी क्षण झील की ओर देखा। झील किनारे भीड़ कम हो चुकी थी। स्त्री-पुरुष अभी भी अलग-अलग क़तारों में खड़े थे और वो नाव भी खड़ी थी, जिसमें वो

बैठना चाहता था।

चक्रांक अपनी पुत्री को गोद में लिये शीघ्रता से झील किनारे पहुँचा और पुरुषों की क़तार में लग गया। चक्रांक सबसे अंत में खड़ा था। उसे बार-बार एक ही विचार आ रहा था, क्या उस नाव में बारी आएगी, जिसमें वो बैठना चाहता है।

कुछ ही देर में चक्रांक की बारी आ गयी। नाव में बैठने वाला वो अंतिम यात्री था और जिस नाव में उसकी बारी आयी, वो नाव अन्य नावों की तुलना में छोटी थी। चक्रांक और चंदिका की दृष्टि पुनः टकरायी, केवल क्षण भर के लिए। कुछ ही क्षणों में नाव चल पड़ी, एक और यात्रा के लिए।

सूर्यास्त हो गया था, किंतु बादलों के बीच अभी भी सिंदूरी रंग पड़ा हुआ था। धीरे-धीरे सिंदूरी रंग लुप्त हो रहा था और धीरे-धीरे नाव भी आगे बढ़ रही थी। चक्रांक ने कई बार चंदिका की ओर देखा, किंतु चंदिका ने एक बार भी चक्रांक की ओर नहीं देखा।

चक्रांक को विवाहित मानकर चंदिका ने मान लिया कि चक्रांक पर उसका कोई अधिकार नहीं है। चक्रांक से मिलकर उसके हृदय में प्रेम का जो सूर्योदय हुआ था, वो अब अस्त हो चुका था, किंतु जाने क्यों हृदय में उसका सिंदूरी रंग अभी भी पड़ा हुआ था, जिसे वो चाहकर भी मिटा नहीं पा रही थी।

चंदिका के हृदय में पड़े उसी सिंदूरी रंग ने चक्रांक की पुत्री को क्षण भर के लिए देखा। चंदिका के पास प्रार्थनाओं का जो गुप्त धन था, चंदिका ने एक ही क्षण में उसका बहुत बड़ा हिस्सा चक्रांक की पुत्री पर ख़र्च कर दिया... तब भी, जब चक्रांक नाम का सूर्योदय उसे सिवाय तड़प के कुछ नहीं देगा। चंदिका के हृदय में जो सिंदूरी रंग पड़ा था, उसे वो चाहकर भी मिटा नहीं पा रही थी, किंतु इसका अर्थ ये नहीं था कि वो अपनी मर्यादा भूल जाए। जिस झील में नाव चल रही थी, वो बहुत पवित्र थी और झील की तरह ही पवित्र था चंदिका का हृदय। उसने एक बार भी चक्रांक की ओर नहीं देखा।

नाव, झील के उस पार पहुँच चुकी थी और मार्गशीर्ष माह की पूर्णिमा का चंद्रमा भी अम्बर पर आ चुका था। चंदिका की नाव झील किनारे पहुँचने वाली अंतिम नाव थी और उसमें से उतरने वाले अंतिम यात्री थे चक्रांक और उसकी पुत्री।

सभी यात्री आगे की ओर चल पड़े। चक्रांक भी अपनी पुत्री को गोद में लिए अन्य यात्रियों की तरह आगे की ओर चल पड़ा। चक्रांक को विचार आया, आज नाव में वृद्धा नहीं आयी। संभवतः कुछ ही देर में उसे चंदिका से एकांत में मिलने का अवसर मिल जाएगा और वो चंदिका को बता देगा, कि उसकी पुत्री तो है, किंतु वो विवाहित नहीं है।

चक्रांक अपने ही विचारों में खोया हुआ धीरे-धीरे आगे की ओर चलता जा रहा था। वो थोड़ा ही चला था कि उसे लगा जैसे चंदिका ने 'आपका भोग' कहकर पुकारा हो। चक्रांक ने मुड़कर देखा तो चंदिका के हाथों में माता को चढ़ाया हुआ भोग था। चंदिका ने पुनः कहा, ''आपका भोग।''

चंदिका के बोल सुनकर चक्रांक के हृदय की प्रसन्नता का कोई ठिकाना नहीं था। एक अद्भुत आनंद, जो संभवतः उसे सदैव स्मरण रहेगा। चक्रांक नाव की ओर चल पड़ा। नाव से उतरते समय चक्रांक अपना भोग लेना भूल गया था। जो हुआ, बिल्कुल प्राकृतिक था।

चक्रांक ने चंदिका से भोग लेते समय उसे धन्यवाद दिया। चंदिका ने मुख पर हल्की-सी प्रसन्नता लिए क्षण भर के लिए चक्रांक की ओर से देखा और अगले ही क्षण दूसरी ओर मुड़कर नाव बाँधने लग गयी।

चक्रांक ने पहली बार चंदिका के नेत्रों और उसके मुख पर आयी प्रसन्नता को निकट से निहारा।चंदिका से बात करने की चक्रांक को तीव्र इच्छा हुई, किंतु कुछ समझ नहीं आ रहा था कि वो चंदिका से क्या बात करे।

चक्रांक ने चंदिका के छोटे भ्राता से ही बात करना उचित समझा और उसका नाम पूछा।चंदिका के छोटे भ्राता का नाम माधव था। चंदिका के छोटे भ्राता का नाम जानकर चक्रांक ने चंदिका की ओर देखा, किंतु वो अभी भी

नाव बाँधने में व्यस्त थी। चक्रांक को कुछ समझ नहीं आ रहा था कि वो चंदिका से क्या बात करे। अपनी पुत्री को गोद में लिए चक्रांक पुनः आगे की ओर चल पड़ा।

मार्गशीर्ष माह की पूर्णिमा में चारों ओर चाँदनी छायी हुई थी। चक्रांक दायीं ओर मुड़ गया। कुछ ही देर में चंदिका भी बायीं ओर मुड़कर माधव के साथ अपने घर की ओर चल पड़ी।

कुछ समय पश्चात् चंदिका को लगा जैसे किसी ने उसे उसके नाम से पुकारा हो, किंतु अगले ही क्षण विचार आया, संभवतः ये उसके मन का भ्रम है। चंदिका ने पीछे मुड़कर नहीं देखा और वो माधव के साथ ऊपर की ओर चलती रही।

कुछ ही क्षणों में चंदिका ने पुनः अपने नाम का स्वर सुना। इस बार स्वर स्पष्ट था। चंदिका को विचार आया, संभवतः उसे पुकारने वाला कोई और नहीं, बल्कि वही है, जिससे मिलकर कुछ दिन पहले उसके हृदय में प्रेम का सूर्योदय हुआ था और कुछ ही दिनों में अस्त भी हो गया।

चंदिका ने पीछे मुड़कर देखा तो चक्रांक अपनी पुत्री को गोद में लिए नीचे की ओर खड़ा था।

''मुझसे विवाह करोगी?'',चक्रांक का स्वर दृढ़ था। उसने विश्वासपूर्वक कहा।

चंदिका के हृदय में चक्रांक के लिए प्रेम तो था, किंतु इतना नहीं कि वो अपनी मर्यादा भूल जाए। चंदिका ने बिगड़ते हुए कहा, ''आप ऐसा सोच भी कैसे सकते हैं, आपको लज्जा आनी चाहिए।''

'क्यों?' चक्रांक ने उसी क्षण कहा।

''आप विवाहित हैं और आपकी एक पुत्री भी है।''

''पुत्री है, किंतु विवाहित नहीं हूँ।''

'अर्थात!' चंदिका ने आश्चर्य से पूछा।

''पुत्री पर्वत पर मिली है, प्रकृति का दिया हुआ मेरे जीवन का सबसे

बड़ा उपहार।'' चक्रांक ने जो कहा, उसे सुनकर चंदिका के हृदय में प्रेम का सूर्यास्त होने के कारण जो अंधकार था, वो एक ही क्षण में दूर हो गया। हृदय में चाँदनी ही चाँदनी थी... एक अद्भुत आनंद की अनुभूति।

चंदिका ने ढोंग करते हुए कहा,''आप स्वप्न के संसार से बाहर निकलिए; आवश्यक नहीं आपसे विवाह करने वाली आपकी पुत्री को भी स्वीकार करे।''

चंदिका ने पूरा प्रयास किया कि चक्रांक के बोल सुनकर उसे जो अद्भुत आनंद मिला, वो उसके मुख पर न आए।

''प्रेम करती है तो अवश्य करेगी।'' चक्रांक ने विश्वासपूर्वक कहा।

''क्षमा चाहती हूँ, किंतु मेरे पास आपके प्रश्न का कोई उत्तर नहीं है। मुझे शीघ्र ही घर जाना है।'', इतना कहते ही चंदिका, माधव के साथ ऊपर की ओर चल पड़ी।

चंदिका ने मन ही मन चक्रांक को अपने पति के रूप में स्वीकार कर लिया था। चंदिका के अंतर्मन में अभी भी वो शब्द गूँज रहे थे, मुझसे विवाह करोगी। आभास हुआ, जैसे वो पूर्ण हुई।

''कम से कम इतना तो बताती जाओ, मैं तुम्हें स्वीकार हूँ या नहीं?''

चंदिका ने कुछ नहीं कहा। वो ऊपर की ओर चलती रही और उसने एक बार भी पीछे मुड़कर नहीं देखा।

चक्रांक ने पुनः कहा,''अगली पूर्णिमा तक मैं तुम्हारे निर्णय की प्रतीक्षा करूँगा चंदिका।''

चंदिका ऊपर की ओर चलती रही, किंतु केवल कुछ देर तक। पीछे की ओर मुड़ के देखा तो चक्रांक वहीं खड़ा था। चक्रांक ने पुनः कहा, ''क्या मुझे रोशन करोगी?''

चंदिका ने इस बार भी कुछ नहीं कहा, किंतु जाने क्यों, उसके मुख पर प्रसन्नता आ गयी। मुख पर आयी प्रसन्नता, जो पूर्णिमा की रात्रि में दूर होते हुए भी चक्रांक से छुप नहीं पायी और जिसे देखकर चक्रांक को एक

अद्भुत आनंद की अनुभूति हुई। चक्रांक को आभास हुआ जैसे सब कुछ मिल गया... सृष्टि की उस पर कृपा हुई और वो पूर्ण हुआ। चंदिका, माधव के साथ पुनः अपने घर की ओर चल पड़ी। चक्रांक, चंदिका को निहारता रहा, जब तक वो उसकी दृष्टि से ओझल नहीं हो गयी।

चक्रांक के हृदय की प्रसन्नता का कोई ठिकाना नहीं था। वही चक्रांक, जिसे जिगीषु और उसके साथियों ने तलवारों से नोचकर सड़-सड़ के मरने के लिए मृष्ट राज्य की वादियों में लाकर फेंक दिया था; वही चक्रांक, जिसके अंतर्मन को उसके अपराध और रोते-तड़पते लोगों के शाप नोचते थे, आज उसी चक्रांक के हृदय में अद्भुत आनंद था। विचार आया, उसे ये प्रसन्नता देने वाला कौन? प्रभु शिव और उसकी पुत्री। उसकी पुत्री ने मुक्त करा दिया उसे उन शापों से, जो सच्चे थे; उसे पुनः जीने का अधिकार दे दिया। चक्रांक ने अपनी पुत्री के माथे को चूम लिया।

चक्रांक अपनी पुत्री को गोद में लिए उन्हीं शिविरों की ओर चल पड़ा, जहाँ कल रात्रि-विश्राम किया था।चक्रांक का स्वयं पर कोई नियंत्रण नहीं था। उसे बार-बार वो क्षण स्मरण हो रहा था, जब उसके हृदय की बात जानकर चंदिका के मुख पर प्रसन्नता आ गयी। चक्रांक को आभास हुआ, जैसे वो पूर्ण हुआ... ठीक वैसे, जैसे मार्गशीर्ष माह की पूर्णिमा का चंद्रमा हो गया। चक्रांक ने अधखुले नेत्रों से चंद्रमा की ओर देखा। चंद्रमा की किरणें एकत्र होकर उसी की ओर आ रही थी, ताकि वो रोशन हो सके। चारों और चाँदनी ही चाँदनी थी। एक अद्भुत दृश्य, जो एक बार किसी मृत व्यक्ति में भी प्राण फूँक दे।

# भाग छह

रात्रि-विश्राम के लिए चक्रांक ने पुनः उसी शिविर में प्रवेश किया, जहाँ कल रात्रि विश्राम किया था। शिविर में तीन यात्रियों के रुकने की व्यवस्था थी, किंतु आज भी चक्रांक और उसकी पुत्री के सिवा शिविर में कोई नहीं था। चक्रांक की पुत्री जब गहरी निद्रा में चली गयी तो चक्रांक, शिविर में मिला कम्बल ओढ़कर शिविर से बाहर आया।

मार्गशीर्ष माह की पूर्णिमा का चंद्रमा बहुत ही चित्ताकर्षक लग रहा था। चक्रांक चंद्रमा को निहारने लगा। विचार आया, चंद्रमा पूर्ण है और वो... संभवतः वो भी। चंदिका से हुई बातचीत चक्रांक को बार-बार स्मरण हो रही थी; किंतु सबसे अधिक स्मरण हो रहा था वो दृश्य, जब उसके हृदय की बात जानकर चंदिका के मुख पर प्रसन्नता आ गयी।

चक्रांक ने अधखुले नेत्रों से चंद्रमा की ओर देखा। चंद्रमा की किरणें एकत्र होकर उसी की ओर आ रही थीं, ताकि वो रोशन हो सके।

कुछ समय पश्चात् चक्रांक शिविर में चला गया। तलवार बिस्तर के निकट रखकर चक्रांक अपनी पुत्री के बग़ल में लेट गया। चक्रांक को लेटे कुछ ही देर हुई थी कि शिविर में एक अधेड़ व्यक्ति आया। कुछ देर विश्राम

करने के पश्चात् उसने चक्रांक की ओर ध्यान से देखा। चक्रांक के पास रखी तलवार देखकर अधेड़ व्यक्ति ने अनुमान लगाया कि चक्रांक कोई सैनिक है। अधेड़ व्यक्ति ने चक्रांक की ओर देखते हुए कहा, ''सैनिक हो?''

''जी नहीं, सैनिक तो मेरा मित्र है, उसी को भेंट-स्वरूप देने के लिए ये तलवार ख़रीदी है।'' चक्रांक ने विश्वासपूर्वक कहा।

अधेड़ व्यक्ति के मुख पर चमक थी और उसे देखकर लग रहा था जैसे वो अपने आपसे बहुत प्रसन्न है।

''और आप?'', इस बार चक्रांक ने पूछा।

''शोधकर्ता हूँ।'' अधेड़ व्यक्ति ने चक्रांक की ओर प्रसन्न मुद्रा में देखते हुए कहा।

कुछ देर चुप रहने के बाद अधेड़ व्यक्ति ने पुनः कहा, ''शोधकार्य में पहले मेरी कोई रुचि नहीं थी, किंतु अब लगता है ये मेरा सबसे उत्कृष्ट कार्य है। आज से चालीस वर्ष पहले गुरुदेव ने आश्रम के सभी शिष्यों को अलग-अलग विषयों पर एक वर्ष का शोधकार्य सौंपा था; शोधकार्य में मेरी कोई रुचि नहीं थी, किंतु गुरुदेव का आदेश था और शिक्षा भी पूर्ण करनी थी, अतः मन मारकर कार्य स्वीकार करना पड़ा। मैंने पूरा समय घर पर ही बिताया और शोधकार्य पर कोई परिश्रम नहीं किया। अंत में अपने साथियों से इधर-उधर का कुछ लेकर गुरुदेव को शोधकार्य सौंप दिया। गुरुदेव ने शिक्षा पूर्ण होने पर सभी शिष्यों की ओर प्रसन्न-मुद्रा में देखते हुए उन्हें सदैव प्रसन्न रहने का आशीर्वाद दिया, सिवाय मुझे छोड़कर। जीवन गुज़रता गया। मुझे सब-कुछ मिला... माता-पिता का प्रेम, वैवाहिक सुख, संतान सुख। कोई दुःख, कोई कष्ट नहीं था, किंतु पाँच वर्ष पहले मेरी इकलौती पुत्री के विवाह पश्चात् मेरे माता-पिता का स्वर्गवास हो गया। कुछ ही दिनों में मेरी स्त्री भी मुझे छोड़कर चली गयी। मैं अकेला रह गया; न घर में मन लगता था, न बाहर। दिन हो या रात्रि, एक-एक पहर गुज़ारना कठिन हो गया। न नींद आती थी, न भोजन में कोई आनंद आता था। मेरे अंदर कोई इच्छा नहीं बची थी। कुछ दिनों के लिए मित्रों और सगे-सम्बन्धियों के पास गया। एक-दो दिन अच्छा लगा, किंतु फिर वही स्थिति थी। मैं पुनः अपने घर आ गया।

मेरी स्थिति और भी बिगड़ती गयी... न नींद, न भूख, न दर्द, न कोई प्रसन्नता। आभास हुआ, जैसे मेरे अंदर कुछ नहीं बचा। जाने क्यों, एक रात्रि को मुझे आश्रम स्मरण हुआ और गुरुदेव दिखाई दिये। अगले दिन मैं आश्रम की ओर गया। परंपरागत आश्रम की एक दीवार पर पूर्व गुरुदेवों के साथ मेरे गुरुदेव का भी चित्र लगा था। मैंने मन ही मन गुरुदेव को प्रणाम किया और उनकी ओर देखा। वो मेरी ओर प्रसन्न मुद्रा में देख रहे थे और मानो कह रहे थे, अपना शोधकार्य नहीं करोगे? सृष्टि का नियम है, तोड़ा नहीं जा सकता, कार्य मिला है तो करना होगा और वो भी सूद समेत। मैंने तय कर लिया, मैं भी अपना शोधकार्य पूर्ण करके गुरुदेव को समर्पित करूँगा। पिछले चार वर्ष से मैं इधर-उधर भटक रहा था... कभी मरुभूमि में, कभी समुद्री क्षेत्रों में, तो कभी पर्वतीय क्षेत्रों में। तरह-तरह के लोगों से मिला; अपराधियों से भी। उन्हें विश्वास दिलाया, मेरा उद्देश्य केवल शोधकार्य करना है, चाहे कुछ भी हो जाए, उनकी पहचान हर स्थिति में गुप्त रखी जाएगी। विश्वास दिलाया, वो बिना किसी भय के खुलकर बात करें, ताकि शोधकार्य से जो निष्कर्ष निकले वो एकदम सटीक हो, उसमें कोई मिलावट न हो। कल चतुर्दशी की संध्या को मैंने अपना शोधकार्य अपने गुरुदेव को समर्पित करते हुए आश्रम के वर्तमान गुरुदेव को सौंप दिया। मेरे अंतर्मन की प्रसन्नता का कोई ठिकाना नहीं था। आभास हुआ जैसे मेरे मुख पर चमक है और अभी तो मुझे बहुत कुछ करना है।''

कुछ देर चुप रहने के बाद अधेड़ व्यक्ति ने पुनः कहा, ''संभवतः कर्म ही जीवन है।''

''आपने ठीक कहा, कर्म ही जीवन है।'' चक्रांक ने अधेड़ व्यक्ति की बात का समर्थन करते हुए कहा।

चक्रांक और अधेड़ व्यक्ति की बातचीत कुछ देर और चली। रात्रि-विश्राम से पहले दोनों ने एक-दूसरे को शुभरात्रि कहा।

अधेड़ व्यक्ति की निद्रा ब्रह्ममुहूर्त प्रारम्भ होने के कुछ समय पश्चात् ही खुल गयी। चक्रांक और उसकी पुत्री गहरी निद्रा में थे। अधेड़ व्यक्ति कम्बल ओढ़कर शिविर से बाहर आया। सामने की ओर दोनों चट्टानों के बीच भासुर ने अलाव जला रखा था। प्रतिदिन की तरह आज भी भासुर ब्रह्ममुहूर्त में ही

उठ गया था और कुछ देर पहले ही उसने अलाव जलाया था। चट्टानों के बीच अलाव देखकर अधेड़ व्यक्ति को प्रसन्नता हुई और आश्चर्य भी। अधेड़ व्यक्ति आश्चर्यचकित था कि किसी युवक ने ब्रह्ममुहूर्त में उठकर अलाव जला रखा है। वो अलाव की ओर चल पड़ा।

अधेड़ व्यक्ति अलाव के निकट बैठ गया। कुछ देर अपने हाथ-पाँव सेंककर अधेड़ व्यक्ति ने कहा, ''विश्वास नहीं हो रहा, कोई युवक ब्रह्ममुहूर्त में उठकर अलाव जलाता है; मैं तो युवावस्था में ब्रह्ममुहूर्त में कभी नहीं उठा... देर से सोना और देर से उठना, मेरा तो यही नियम था।''

''जी, सब प्रभु की माया है; रात्रि में चाहे कभी सोऊँ, ब्रह्ममुहूर्त में आँखें खुल ही जाती हैं... पड़ा-पड़ा क्या करूँ, सो अलाव जला लेता हूँ, अब तो आदत हो गयी।''

''अति उत्तम; क्या नाम है?''

''जी भासुर।''

''कहाँ के रहने वाले हो?''

''जी, पास के ही गाँव का निवासी हूँ; कमाने की उम्र हुई तो यहाँ आ गया, पिछले तीन वर्षों से यहीं हूँ।''

''बहुत अच्छा, अब नहीं कमाओगे तो कब कमाओगे; कर्म ही जीवन है। सच कहूँ तो तुम्हें इस तरह ब्रह्ममुहूर्त में उठकर अलाव जलाते देखकर बहुत प्रसन्नता हुई; तुम्हारी उम्र में मैं तो बहुत आलसी स्वभाव का था। मैंने कभी कर्म को महत्त्व नहीं दिया। सब कुछ मिला; माता-पिता का प्रेम, वैवाहिक सुख, संतान-सुख... किंतु एक दिन सभी छोड़कर चले गये। अकेला रह गया। एक-एक पहर बिताना कठिन हो गया, जीवन में कोई आनंद नहीं बचा था। एक दिन मैंने स्वयं को आईने में ढंग से देखा तो आभास हुआ जैसे मैं तो बहुत दरिद्र हूँ, मेरे मुख पर बिल्कुल भी चमक नहीं है। अंतर्मन से पुकार आयी, मुख पर चमक चाहिए तो कोई ज़ोरदार काम करना पड़ता है। मैंने ठान लिया, मैं अपना शोधकार्य करूँगा। पिछले चार वर्ष से मैं इधर-उधर भटक रहा था, ताकि अपना शोधकार्य पूर्ण कर सकूँ।

शोधकार्य पूर्ण हुआ तो लगा जैसे मेरे मुख पर भी चमक है और अभी तो मुझे बहुत कुछ करना है।''

भासुर, अधेड़ व्यक्ति से प्रभावित हुआ। उसने अधेड़ व्यक्ति की प्रशंसा करते हुए कहा, ''इस उम्र में चार वर्षों तक लगातार इधर-उधर भटककर अपना कार्य सम्पन्न करना कोई सरल कार्य नहीं। इस बार जब गाँव जाऊँगा तो सभी को आपका क़िस्सा सुनाऊँगा; संभव है मेरे निठल्ले मित्रों को आपका क़िस्सा सुनकर कोई ऊर्जा मिल जाए।''

अधेड़ व्यक्ति ने अलाव की आँच हथेली पर समेटी, फिर गालों पर मसलते हुआ कहा, ''मुझे नहीं लगता मैं किसी को प्रेरित करने योग्य हूँ; यदि क़िस्सा ही सुनाना है तो एक वृद्ध का सुनाना.. इन चार वर्षों में मैं जितने भी लोगों से मिला, सबसे अधिक प्रभावित मैं एक वृद्ध से हुआ, जो एकांत में एक गुफा में अपना जीवन जी रहा है। ऐसा नहीं कि वो टूटा नहीं; कभी-कभी घाव बहुत गहरे होते हैं और अच्छे-अच्छे टूट जाते हैं। वो भी बहुत तड़पा, बहुत रोया; जीवन का एक-एक क्षण उसकी आत्मा को नोचता था। कुछ नहीं बचा था उसके अंदर, सिवाय तड़प और घृणा के। झरना, उसकी चार वर्षीय पुत्री को उसकी आँखों के सामने बहाकर ले गया... तब भी, जब वो उससे दूर बैठी थी। जो हुआ वो कोई स्वाभाविक घटना नहीं थी। उसकी पुत्री झरने से दूर बैठी थी, किंतु फिर भी झरने ने उसे नोच लिया... एक अस्वाभाविक घटना, मानो झरने के रूप में कोई दैत्य आया था। अपने हाथों से उसने अपनी उस पुत्री का अंतिम-संस्कार किया, जो उसकी आत्मा में बसती थी, जिसके सिवा उसका कोई नहीं था। पुत्री, जो उससे चिपटकर सो जाया करती थी, जिसके कोमल हाथों के स्पर्श से उसकी आत्मा मंत्रमुग्ध हो जाती थी; उसी पुत्री को उसने अपनी आँखों के सामने जलकर भस्म होते देखा। उसकी पुत्री जलकर भस्म हो गयी और वो कुछ नहीं कर पाया, एक कोने में खड़ा बस चिता को देखता रहा। चिता की लपटें तो कम हो गयी, किंतु वो अंदर से सुलग गया था। कुछ नहीं चाहिए था उसे... न धन, न मान-सम्मान। एक छोटी-सी कुटिया थी और एक पुष्प जैसी पुत्री। प्रसन्न था अपने जीवन से, किंतु फिर भी उसकी आत्मा को झरने ने नोच लिया। बहुत तड़पा, बहुत रोया। उसकी स्थिति बिगड़ती गयी। वो उस दृश्य को भूल नहीं

पा रहा था। झरना उसकी आँखों के सामने उसकी पुत्री को बहाकर ले गया और वो कुछ नहीं कर पाया। रात्रि में उसे स्वप्न आते... झरना उसकी पुत्री को बहाकर ले जाता; उसकी पुत्री उसकी ओर देखती, किंतु वो कुछ नहीं कर पाता। वो अंदर से पूरी तरह से सुलग गया था और अब उसके अंदर कुछ नहीं बचा था, सिवाय तड़प और घृणा के। उसने कुछ ही दिनों में ऊपर की ओर जाकर झरने के सारे मार्ग बंद कर दिये; बिल्कुल सूखा कर दिया झरने को, जल की एक बूँद भी नहीं छोड़ी। वो प्रतिदिन झरने के पास जाता, उसे सूखा देखकर किसी विक्षिप्त की भाँति ज़ोर-ज़ोर से हँसता और कहता, ''तू भी सूखा, मैं भी सूखा; तेरे पास भी कुछ नहीं, मेरे पास भी कुछ नहीं। तूने मुझे नोचा, देख मैंने तुझे नोच लिया।'' जब थक जाता तो बहुत रोता और तड़पते हुए कहता, ''मैंने केवल प्रेम करना सीखा था, किंतु तूने मुझे नोच लिया।'' झरने को सूखा देखकर उसे प्रसन्नता मिलती, किंतु झरना अभी भी उसके स्वप्न में आता और उसकी पुत्री को बहाकर ले जाता। उसकी पुत्री उसकी ओर देखती, किंतु वो कुछ नहीं कर पाता। उसकी स्थिति और बिगड़ती गयी। वो किसी विक्षिप्त की भाँति इधर-उधर भटकने लगा। मन ही मन बड़बड़ाता। बहुत रोया, बहुत तड़पा। हृदय में केवल एक ही प्रसन्नता थी कि उसने उस झरने को सूखा कर दिया, जिसने उसे नोचा था। झरने को सूखा देखकर उसे बहुत प्रसन्नता मिलती। किंतु जाने क्यों, एक दिन उसे झरने को सूखा देखकर कोई प्रसन्नता नहीं हुई। उसने झरने को ध्यान से देखा। झरना बिल्कुल भी सुंदर नहीं लग रहा था। ऐसे लग रहा था, जैसे अंदर ही अंदर तड़प रहा हो।किसी ने झरने से उसका वो छीन लिया, जो उसकी आत्मा में बसता है। झरने को तड़पता देखकर उसके नेत्रों से आँसू निकल गये। उसने प्रेम करना सीखा था, घृणा नहीं। वो एक प्रसन्न व्यक्ति था। उसे मालूम ही नहीं था, घृणा क्या होती है। उसके स्वभाव में प्रेम ही प्रेम था। वो उसी क्षण ऊपर की ओर गया और कुछ ही दिनों में उसने झरने के सारे मार्ग खोल दिये। झरना पुनः अपने स्वाभाविक रूप में लौट आया। पर्वत को चीरकर छलाँग लगाता झरना बहुत ही आकर्षक लग रहा था। उसने मन ही मन अद्भुत शक्ति को स्मरण करते हुए अपने अपराधों के लिए क्षमा माँगी। स्वीकार किया, जो हुआ वो केवल एक घटना थी। धीरे-धीरे उसे प्रकृति से पुनः प्रेम होने लगा और वो ऊपर की ओर एकान्त में एक

गुफा में रहने लगा। उसने अकेले उन चोटियों पर चढ़ाई की, जहाँ आज तक कोई नहीं पहुँचा और हर चोटी पर अपनी पुत्री का एक चित्र बनाकर आता। वो पुनः अपने स्वाभाविक रूप में लौट आया। पहले की तरह शान्त और प्रसन्न हो गया। संभवतः उसने जीवन की सुंदरता को समझ लिया था।''

वृद्ध का क़िस्सा सुनकर भासुर वृद्ध से प्रभावित हुआ। भासुर ने वृद्ध की प्रशंसा करते हुए कहा, ''वृद्ध का जीवन सचमुच ज़ोरदार है; विक्षिप्त जैसी स्थिति में पहुँचकर पुनः अपने स्वाभाविक रूप में लौट आना और अकेले उन चोटियों पर चढ़ाई करना, जहाँ आज तक कोई नहीं पहुँचा। मेरे विचार से अधिक से अधिक लोगों तक वृद्ध का क़िस्सा पहुँचना चाहिए, ताकि लोग जान सकें हमारे अंदर कितनी ऊर्जा होती है।''

''क्यों नहीं, अवश्य; प्रभु ने चाहा तो शोधकार्य बहुत लोगों तक पहुँचेगा और लोगों को मालूम होगा हमारे अंदर कितनी ऊर्जा होती है।''

अधेड़ व्यक्ति और भासुर ने एक-दूसरे से कुछ देर और बातचीत की। अलाव की आँच कम होते ही अधेड़ व्यक्ति आगे की ओर चल पड़ा। अधेड़ व्यक्ति के जाते ही भासुर ने पुनः अलाव में कुछ लकड़ियाँ डाली। अलाव की आँच पुनः ज़ोर पकड़ चुकी थी।

कुछ समय पश्चात् प्रतिदिन की तरह चक्रांक की आँखें पौष माह के प्रथम दिन के सूर्योदय से पहले ही खुल गयी। उसकी पुत्री उससे चिपटकर सोई हुई थी। चक्रांक ने अपनी पुत्री के माथे को चूमा, फिर कुछ देर तक उसके सिर के बालों में धीरे-धीरे अपनी अँगुलियाँ फेरी। अपनी पुत्री का लाड़-प्यार कर चक्रांक कम्बल ओढ़कर शिविर से बाहर आया और अलाव की ओर चल पड़ा।

चक्रांक ने कुछ देर तक अपने हाथ पाँव सेंके। भासुर ने चुप्पी तोड़ते हुए कहा, ''माता के दर्शन कैसे रहे साहब!''

''माता के दर्शन में जो आनंद आया उसका वर्णन नहीं कर सकता। बस इतना कह सकता हूँ, एक अद्भुत आनंद की अनुभूति हुई।'' बोलते समय चक्रांक के मुख पर अद्भुत प्रसन्नता थी।''

"माता के मंदिर से आज तक कोई खाली हाथ नहीं लौटा साहब; कोई मन्नत माँगी है तो देखना अवश्य पूरी होगी; माता का मंदिर बहुत चमत्कारी है।"

"मुझे तो पूरा मृष्ट राज्य ही चमत्कारी लगता है; जादू है यहाँ की प्रकृति में। कभी-कभी लगता है जैसे कुछ होने वाला है... कुछ ऐसा, जो चमत्कारी हो; तुम्हें नहीं लगता!"

"लगना क्या है साहब, मेरे साथ तो चमत्कार हुआ है... चमत्कार हुआ तभी तो जीवित हूँ, अन्यथा आपसे मैं नहीं मेरा भूत बात करता। मैं सात वर्ष का था... गाँव के तालाब के निकट गाय चरा रहा था कि क्षण भर में ही मौसम बदल गया। भयंकर आँधी-तूफ़ान आया। वृक्ष उखड़ने लगे। एक वृक्ष का तना उड़ता हुआ मेरी ओर आया। मैं ठीक उसके सामने था। मुझे अच्छी तरह से स्मरण है साहब, मैं ठीक तने के सामने था। मेरे और तने के बीच हाथ भर की भी दूरी नहीं थी। मुझे अपनी मृत्यु दिख गयी थी। भय के मारे आँखें उसी क्षण बंद हो गयीं, किंतु जब आँखें खुली तो मैं अपने पिता की गोद में था। एक खरोंच तक नहीं आयी। केवल मूर्छित हुआ था। आज भी वो दृश्य स्मरण होता है, तो लगता है जैसे कोई चमत्कार हुआ था। मेरा बचना असंभव था, किंतु फिर भी मैं बच गया।"

"किसी ने ठीक कहा है, सब-कुछ हमारे नियंत्रण में नहीं है और ये शुभ है, बहुत शुभ।"

"यहाँ जितने भी यात्री आते हैं, साहब, उनमें अधिकतर का यही मानना है कि कोई अद्भुत शक्ति तो है। कभी-कभी सोचता हूँ साहब, यदि ये सत्य है तो इतने अपराध क्यों होते हैं; कोई क्यों अपनी पवित्रता भूल जाता है?

"मेरे विचार से यहाँ दो शक्तियाँ हैं; जिस शक्ति का हम पर अधिक असर होता है, हम उसी ओर चल पड़ते हैं।"

"ठीक कहा साहब; शोधकर्ता को ही लो, युवावस्था में कुछ किया नहीं और अब इस उम्र में किसी युवा की भाँति इधर-उधर भटककर अपना शोधकार्य किया।"

''सब असरदार शक्तियों का खेल है... जिसका हम पर अधिक असर होता है, हम उसी ओर चल पड़ते हैं और कभी-कभी ये शक्तियाँ अपना असर डालते समय हमारी उम्र भी नहीं देखती।''

''ठीक कहा साहब। शोधकर्ता ने इस उम्र में इधर-उधर भटक कर अपना शोधकार्य किया और अपने शोधकार्य में वो जिससे सबसे अधिक प्रभावित हुआ, वो एक वृद्ध है। सत्य है, न तो प्रभावित होने की कोई उम्र होती है और न ही प्रभावित करने वाले की।''

भासुर के मुख से वृद्ध नाम सुनकर ही चक्रांक चौंक गया। विचार आया, उसका जीवन भी तो एक वृद्ध का ऋणी है। वृद्ध, जिसने उसके मृत शरीर में पुनः प्राण फूँक दिये। चक्रांक ने आश्चर्य से पूछा, ''वृद्ध! कौन वृद्ध?''

''शोधकर्ता ने बताया साहब, पर्वतीय क्षेत्रों में ऊपर की ओर गुफा में एक वृद्ध रहता है। वर्षों पहले झरना उसकी चार वर्षीय पुत्री को उसकी आँखों के सामने बहाकर ले गया, तब भी जब वो उससे दूर बैठी थी। एक अस्वाभाविक घटना। वो बहुत तड़पा, बहुत रोया। जीवन का एक-एक क्षण उसकी आत्मा का नोचता था। रात्रि में उसे स्वप्न आते। झरना उसकी पुत्री को उसकी आँखों के सामने बहाकर ले जाता और वो कुछ नहीं कर पाता। उसके अंदर कुछ नहीं बचा था, सिवाय तड़प और घृणा के। उसने कुछ ही दिनों में झरने के सारे मार्ग बंद कर दिये गये। बिल्कुल सूखा कर दिया झरने को, जल की एक बूँद भी नहीं छोड़ी। झरने को सूखा देखकर उसे बहुत प्रसन्नता मिलती। किंतु जाने क्यों, एक दिन उसे झरने को सूखा देखकर कोई प्रसन्नता नहीं हुई। आभास हुआ, जैसे किसी ने झरने से उसका वो छीन लिया जो उसकी आत्मा में बसता है। उसे विचार आया, वो एक प्रसन्न व्यक्ति था। उसने केवल प्रेम करना सीखा था... घृणा क्या होती है, उसे मालूम ही नहीं था। उसने झरने के सारे मार्ग खोल दिये। झरना पुनः अपने स्वाभाविक रूप में लौट आया। पर्वत को चीरकर छलाँग लगाते झरने को देखकर उसे अद्भुत आनंद की अनुभूति हुई। उसने अद्भुत शक्ति को स्मरण करते हुए अपने अपराधों के लिए क्षमा माँगी और स्वीकार किया, जो हुआ वो केवल एक घटना थी। धीरे-धीरे वो अपने स्वाभाविक रूप में लौट आया

और उसने अकेले उन चोटियों पर चढ़ाई की, जहाँ आज तक कोई नहीं पहुँचा।''

भासुर ने जो कहा, उसे सुनकर चक्रांक के रोंगटे खड़े हो गये। चक्रांक को विचार आया, कहीं भासुर उसी वृद्ध की बात तो नहीं कर रहा, जिसे वो जानता है। वही वृद्ध, जिसने उसके मृत शरीर में पुनः प्राण फूँक दिये, जिससे मिलकर उसे एक अद्भुत आनंद की अनुभूति हुई थी।वृद्ध के बारे में जानने के लिए चक्रांक ने भासुर से ढोंग करते हुए कहा, ''वृद्ध का जीवन सचमुच ज़ोरदार है; वृद्ध ने अकेले उन चोटियों पर चढ़ाई की, जहाँ आज तक कोई नहीं पहुँचा। सोचकर ही रोंगटे खड़े हो जाते हैं। मन कर रहा हैवृद्ध से मिलकर आशीर्वाद लूँ। कुछ पता है, वृद्ध कौन से पर्वत पर, किस गुफा में रहता है।''

''ये तो शोधकर्ता ने नहीं बताया साहब और न ही मैंने पूछा।''

''इस संसार में कितनी कहानियाँ हैं और इन कहानियों में जाने कितने नायक, जिन्हें हम जानते तक नहीं।''चक्रांक ने भासुर की ओर देखते हुए कहा, किंतु अंतर्मन में एक ही विचार आ रहा था, संभवतः इस कहानी के नायक को वो जानता है।

''ठीक कहा साहब; इस संसार में जाने कितने नायक हैं, जिन्हें हम जानते तक नहीं... जिसके ढोल बजते हैं, उसी के चर्चे होते हैं।''

भासुर और चक्रांक ने कुछ देर और बातचीत की, किंतु अब चक्रांक का मन कहीं और ही था। कुछ ही देर में अलाव बुझ गया। भासुर शिविर की ओर चला गया, किंतु चक्रांक अभी भी अलाव के पास बैठा था। अलाव बुझ गया था, किंतु उसकी भस्म में अभी भी तपन थी। चक्रांक को बार-बार एक ही विचार आ रहा था, शोधकर्ता ने भासुर को जिस वृद्ध का क़िस्सा सुनाया, कहीं ये वही वृद्ध तो नहीं जिसे वो जानता है।

चक्रांक शिविर में गया तो उसकी पुत्री गहरी निद्रा में थी। चक्रांक को आभास हुआ, जैसे कुछ होने वाला है; कुछ ऐसा,जो चमत्कारी हो। किसी से मिलने की इतनी उत्सुकता चक्रांक को इससे पहले कभी नहीं हुई। उसकी पुत्री गहरी निद्रा में थी। चक्रांक ने अपनी पुत्री को कम्बल ओढ़ाकर गोद में

लिया और शीघ्रता से उस गुफा की ओर चल पड़ा, जहाँ उसे पुनः जीवन मिला था।

चक्रांक शीघ्र से शीघ्र गुफा की ओर पहुँचना चाहता था। दिन का दूसरा पहर प्रारम्भ होने तक चक्रांक ने लगभग आधी दूरी तय कर ली थी। संभवतः तीसरे पहर तक वो गुफा की ओर पहुँच जाता, किंतु अब वो ऊपर आ चुका था और पर्वत पर बादल छाये हुए थे। कुछ भी स्पष्ट दिखाई नहीं दे रहा था। चक्रांक ने अपनी पुत्री को कसकर पकड़ रखा था और वो धीरे-धीरे ऊपर की ओर चढ़ता जा रहा था।

मार्गशीर्ष माह की पूर्णिमा को वृद्ध, पर्वत पर इधर-उधर थोड़ी-बहुत चढ़ाई कर रहा था, ताकि उसके अंदर का पर्वतारोही जीवित रहे; किंतु उसका संतुलन बिगड़ गया और वो बुरी तरह से घायल हो गया था।

पौष माह के प्रथम दिन की संध्या होने वाली थी। वृद्ध, गुफा में पड़ा हुआ अपनी मृत्यु की प्रतीक्षा कर रहा था। उसने अपने जीवन की अंतिम साँस ले ली थी, किंतु सामने के एक दृश्य ने वृद्ध के मृत शरीर में कुछ क्षणों के लिए पुनः प्राण फूँक दिये। वो नहीं चाहता था, वो यहाँ से तड़प कर जाए और सृष्टि ने उसे तड़पकर जाने भी नहीं दिया। अपनी मृत्यु से कुछ क्षण पहले वृद्ध ने अपने जीवन का सबसे बड़ा चमत्कार देखा। चमत्कार, जिसने बादलों को चीर दिया। दो वर्ष के बाल रूप में उसकी पुत्री बादलों को चीरकर उसके सामने खड़ी थी, जिसका नाम उसने हेमंती रखा था। वर्षों पश्चात् वृद्ध के नेत्रों से आँसू निकले और उसने अपनी पुत्री को अपने हृदय से चिपका लिया।

वृद्ध के मृत शरीर में प्राण केवल कुछ क्षणों के लिए आये थे, ताकि वो जाते समय अपनी पुत्री से मिल सके। जीवन में कुछ क्षण ऐसे होते हैं, जिन्हें जीने के लिए कभी-कभी उम्र बीत जाती है। अंतिम साँस लेते समय वृद्ध ने एक थैले की ओर संकेत किया और चक्रांक को बस इतना ही कह पाया, ''इसका कुछ सामान...'' और इसी के साथ एक पर्वतारोही की साँस रुक गयी।

चक्रांक अपनी पुत्री के साथ वहीं गुफा में बैठ गया। बादलों में उसे प्रभु

शिव की आकृति दिखाई दी और गुफा में बाल रूप में नील रंग का कान्हा मंद-मंद मुस्कुरा रहा था। एक ऐसा क्षण, जिसे जीने के लिए जाने कितने जीवन बीत जाएँ।

सूर्योदय से पहले ही चक्रांक अपनी पुत्री को गोद में लिए नीचे की ओर चल पड़ा, ताकि वृद्ध का अंतिम-संस्कार कर सके। अंतिम-संस्कार का सामान लेकर चक्रांक संध्या होने तक गुफा की ओर लौट आया। आज पर्वत पर बादल नहीं आये थे और मार्ग स्पष्ट दिखाई दे रहा था।

चक्रांक ने वृद्ध का अंतिम-संस्कार किया। चक्रांक की पुत्री ने भी अपने पिता की चिता को अग्नि दी। कुछ ही देर में एक पर्वतारोही जलकर भस्म हो गया... जिसने बहुत ऊँची चढ़ाई की थी और जाते-जाते हृदय में एक ऐसा ठिकाना बना गया जो कभी नहीं उजड़ेगा।

सूर्यास्त हो चुका था। चक्रांक ने अपनी पुत्री के साथ गुफा में प्रवेश किया। थैले में एक बाँसुरी और कुछ चूड़ियाँ थीं, जिन्हें देखकर चक्रांक की पुत्री की प्रसन्नता का कोई ठिकाना नहीं था। चक्रांक की पुत्री कुछ देर तक चूड़ियों और बाँसुरी से खेली, फिर गहरी निद्रा में चली गयी।

कुछ समय पश्चात् चक्रांक, गुफा से बाहर आया।चक्रांक अपने ही विचारों में खो गया। एक दिन सूर्यास्त की तरह सभी अस्त हो जाते हैं; किंतु जाने क्यों, कुछ लोगों के अस्त होने पर भी हृदय में उनका सिंदूरी रंग पड़ा रहता है, जो न मिटता है, न फीका होता है।

चक्रांक ने सामने की ओर उन श्वेत ऊँची-ऊँची चोटियों की ओर देखा, जिन चोटियों पर वृद्ध ने चढ़ाई की थी। विचार आया, मृत्यु पश्चात् लोग कहाँ जाते हैं। पता नहीं, किंतु कुछ लोग संभवतः चोटियों पर जाते हैं और बहुत चमकते हैं; जैसे आज रात्रि का चंद्रमा मृष्ट होकर सामने की श्वेत ऊँची-ऊँची चोटियों पर चमक रहा है। श्वेत चोटियों से आती चंद्रमा की किरणों को निहारने में चक्रांक को एक अद्भुत आनंद की अनुभूति हो रही थी। एक अद्भुत दृश्य, जो एक बार किसी मृत व्यक्ति में भी प्राण फूँक दे।

चक्रांक ने अधखुले नेत्रों से चंद्रमा की ओर देखा। श्वेत चोटियों से आती चंद्रमा की किरणें एकत्र होकर उसी की ओर आ रही थीं, ताकि वो

रोशन हो सके। चक्रांक को वो क्षण स्मरण हुए, जब जिगीषु ने उसकी छाती में तलवार घुसेड़ दी और मरने के लिए फेंक दिया, मृष्ट राज्य की वादियों में। तलवार छाती में नहीं उतरती तो कभी नहीं जान पाता, यहाँ चमत्कार भी होते हैं।

चक्रांक अभी भी चंद्रमा को निहार रहा था। श्वेत चोटियों से आती चंद्रमा की किरणें एकत्र होकर उसी की ओर आ रही थी। कुछ देर के लिए, स्वतंत्र हुआ, मुक्त हुआ, दुनियादारी से।

चक्रांक, वृद्ध की गुफा में ही रुकना चाहता था। उसने विचार किया, यदि संभव हुआ तो चंदिका से विवाह पश्चात् वो यहीं रहेगा.. एक पर्वतारोही की गुफा में, जहाँ उसे पुनः जीवन मिला था।

पौष माह के कृष्ण-पक्ष की तृतीया की संध्या का समय था। चक्रांक अपनी पुत्री के साथ अभी भी वृद्ध की गुफा में ही रुका हुआ था। चक्रांक की पुत्री ने चूड़ियाँ पहने हुए, चक्रांक की ओर बाँसुरी की, ताकि वो उसे बता सके इसे कैसे बजाया जाता है।

चक्रांक ने जैसे ही बाँसुरी में फूँक मारी, हिम की फुहारें गिरने लगी थीं, वृक्षों पर, उनकी शाखाओं पर, पत्तों पर, श्वेत ऊँची-ऊँची चोटियों पर, झरनों पर, झीलों पर, गुनगुनाती नदियों पर और मानो कह रही थीं, कोई है जो यहाँ का सौंदर्य कभी भी नष्ट नहीं होने देगा।

www.ingramcontent.com/pod-product-compliance
Lightning Source LLC
LaVergne TN
LVHW091116180726
843490LV00002B/816